altamarea

Primera edición en esta colección: abril de 2026

altamarea.es
altamarea@altamarea.es

Diseño de la colección: Sara Maroto Hebrero
Corrección: Cristina Herrera Barreiro, Andrea Pérez Álvarez

ISBN: 979-13-87938-08-6
DL: M-7341-2026

Impreso en España por Solana e Hijos Artes Gráficas en marzo de 2026

C. E.
FEILING

El mal menor

BARLOVENTO

MARIANA ENRIQUEZ*

Prólogo

Los años noventa en Buenos Aires, Argentina. El sistema monetario de la convertibilidad hace que un peso local valga lo mismo que un dólar estadounidense, ficción realista impulsada por el presidente Carlos Menem y su ministro de Economía, Domingo Cavallo, para detener la inflación endémica —y extrema— del país. Las consecuencias de la medida financiera, que a todas luces era una ilusión y que, como tal, se estrellaría contra la realidad, repercutieron profundamente en la sociedad. Mientras una parte de la gente vivía a los tropezones con fábricas que cerraban, sueldos miserables, privatizaciones y concentración de la riqueza, otra parte se lanzaba a vivir el presente y disfrutaba de viajes, productos importados, restaurantes con menúes sofisticados, diseñadores de moda y *Vanity Fair*. La realidad, con su violencia

* Mariana Enriquez (Buenos Aires, 1973) es periodista, subeditora del suplemento *Radar* del diario *Página/12* y docente. Ha publicado, entre otros títulos, las novelas *Bajar es lo peor, Cómo desaparecer completamente* y *Nuestra parte de noche* (premio de la Crítica de narrativa castellana 2019) y las colecciones de cuentos *Los peligros de fumar en la cama, Las cosas que perdimos en el fuego* y *Un lugar soleado para gente sombría,* todos ellos en Anagrama. En 2024 fue galardonada con el Premio Iberoamericano de Letras José Donoso.

simbólica y concreta, era una superficie cromada que, debajo y en sus márgenes, escondía algo siniestro, la inminencia del fin, la amenaza del desastre que se cumplió, finalmente, en diciembre de 2001 con una crisis sin precedentes.

El mal menor transcurre en esos años cínicos y desesperantes pero no es una metáfora de la época ni nada parecido, porque es un relato de terror moderno y, como tal, se alimenta del contexto sin nombrarlo, sin subrayar, solo respirando ese aire delirante y tenso. La historia transcurre en San Telmo, el barrio más antiguo, más pequeño y más interesante de la ciudad, sitio ideal para situar una lucha entre el Bien y el Mal desatada en calles de adoquines, videoclubs y departamentos hermosos en edificios horribles. *El mal menor,* siguiendo las lecciones de Stephen King y la literatura de terror contemporánea, se sirve de la ciudad y del presente como el lugar de la trama. Y usa el lenguaje porteño: en esta novela, los personajes dicen «boludo», hablan de «vos» y toman mate.

Los años noventa, Buenos Aires. «Charlie» (C. E.) Feiling era un escritor con aura glamorosa, de familia británica, bilingüe, académico y refinado, que se dedicaba al periodismo. También tenía un concepto literario diferente al que en esos años era el común entre los escritores argentinos. Quería, por ejemplo, escribir una tetralogía de novelas de género: policial, aventuras, terror y *fantasy.* Todos los géneros que entonces no estaban en el centro de la escena, y que recién hoy empujan para volver al canon. «El relato de terror es quizá la forma más devaluada y más activa de la cultura actual. La dificultad de fijar con claridad sus límites es una prueba de que no ha sido aún legitimada por la crítica académica», escribió Ricardo Piglia en la edición de 2012 de *El mal menor,* la última novela completa de Feiling, que murió de leucemia en 1997 a los treinta y seis años. La novela policial fue *El agua electrizada,* la de aventuras *Un poeta nacional,* y la de *fantasy,* que se iba a titular *La tierra esmeralda,* no alcanzó a escribirla. *El mal menor* se editó originalmente en la colección Biblioteca del Sur de editorial Planeta, dirigida por Juan Forn, donde debutaron escritores como Rodrigo Fresán y Alberto Fuguet, cuya influencia y fuerza de cambio en la literatura sudamericana puede resumirse en el gesto de apertura del libro de Feiling, que elige como epígrafes a Stephen King y Apuleyo.

Y eso es lo que ocurre en *El mal menor.* Un choque de ambientes y de tiempos, una irrupción del mito en el más ramplón cotidiano, el inconsciente y el Cosmos entre contestadores automáticos y baños de inmersión. Inés Gaos, la protagonista, es una chica urbana, dueña de la mitad de un restaurante muy *hip* llamado Picante, novia de un abogado penalista exitoso, hedonista y quizá cocainómana. Nelson Floreal, también protagonista, es un tarotista uruguayo y perezoso, que vive con su madre, doña Adela, una mujer con poderes psíquicos. Inés alquila un departamento con su gata y planea un viaje a Cuba. Nelson tira las cartas y toma unos tragos con su vecino kiosquero. No pueden ser más distintos pero los une un cataclismo sobrenatural: está por romperse El Cerco, la zona o dimensión que garantiza la separación entre el mundo del sueño y la realidad. La brecha por la que escapa el prófugo, encarnación del Caos, está en Buenos Aires. Escribe Feiling:

> En cualquier época de la historia humana ha habido doce personas, por lo común mujeres, que tienen el deber de preservar El Cerco. Son los arcontes, los que nunca sueñan [...] nadie se convierte en arconte sin que otro arconte lo designe su heredero y le enseñe a no soñar, a desplazarse por El Cerco y a leer los sueños de las personas comunes. Cada arconte conoce la identidad de los otros once, y puede con esfuerzo y paciencia comunicarse con ellos a través de

largas distancias, aunque no lo hace a menudo porque resulta muy doloroso y complejo.

Quiénes son los arcontes, cómo se detiene al prófugo, quién abrió la brecha, todo eso cuenta *El mal menor* entre vuelos al Caribe, hedores nauseabundos, picaportes en llamas, vecinas con muchos hijos y ruido de tacos que no están ahí.

Feiling usa el gore y el susto, no se desvanece en el surrealismo a pesar de que juega con las pesadillas, cita el cine de terror de los ochenta y lo hace con un elemento en especial, el del humor. *El mal menor* da risa, da miedo y apela a la cita. Por ejemplo, los arcontes quizá estén inspirados en los *Lamed Wufniks,* cuya leyenda Jorge Luis Borges recopiló en *El libro de los seres imaginarios,* y que Feiling seguro leyó, como borgeano que era: «En la tierra hubo siempre treinta y seis hombres rectos cuya misión es justificar el mundo ante Dios... No se conocen entre sí y son pobres. Cuando uno sabe que lo es, muere y otro toma su lugar. Son sin saberlo los secretos pilares del universo». Y si todo el terror, finalmente, se trata de la destrucción de lo Real por la irrupción de un nuevo lenguaje, o un nuevo Poder, es imposible no reconocer en *El mal menor* la influencia de H. P. Lovecraft. El prófugo que rompe El Cerco, y que busca eliminar a los soñadores —es decir, a las personas—, es un ente que le pertenece al horror cósmico, una idea de fuerzas indiferentes a lo humano, porque nuestras leyes no se aplican al oscuro e incognoscible universo.

El mal menor sigue siendo, más de veinte años después de su primera edición, un objeto literario difícil de identificar. Es una novela irónica y elegante, costumbrista y aterradora, con un sutil subtexto político de pesadillas —pasadas y futuras— que quieren avasallar la realidad. De a ratos Feiling parece un profesor muy culto contando una historia mítica con remate, y a veces suena como un sibarita que imagina una trama de horror *à la* John Carpenter. Pero casi siempre escribe como un joven despreocupado y atrevido, que se divierte pergeñando un libro que nadie se esperaba y que se convertiría en esquivo mito.

Mariana Enriquez

El mal menor

To my grandparents Helga, Anthony and John,
familiar strangers.

A mi abuela Elsa,
que me enseñó a timar a los incautos.

A Gabriela Esquivada.

Los meses más productivos en la escritura de esta novela fueron los tres que pasé en Iowa City (septiembre-noviembre de 1994), participando del International Writing Program de la Universidad de Iowa. Agradezco a la Fundación Antorchas el haberme becado para concurrir al programa. Vaya también mi gratitud para Clark Blaise, el matrimonio Nazareth (Peter y Mary), y muy especialmente para mi amigo Josef Haslinger, que se pasó aquellos mismos tres meses escribiendo la novela de al lado.

Sed forsitan lector scrupulosus reprehendens narratum meum sic argumentaberis: «Unde autem tu, astutule asine, intra terminos pistrini contentus, quid secreto, ut affirmas, mulieres gesserint scire potuisti?».

APULEIUS, *Metamorphoses* (ed. Hanson), IX.30

As I lie here in my nursing-home room, and in the ruined sand castle that is my body, I tell myself that I need not fear the Devil —that I have lived a good, kindly life, and I need not fear the Devil. [...] *In the dark, however, these thoughts have no power to ease or comfort. In the dark comes a voice that whispers that the nine-year-old fisherboy I was had done nothing for which he might legitimately fear the Devil either, and yet the Devil came —to him. And in the dark I sometimes hear that voice drop lower, into ranges that are inhuman. Big fish! it whispers in tones of hushed greed, and all the truths of the moral world fall to ruin before its hunger.*

STEPHEN KING, *The Man in the Black Suit*

Un prófugo

—Los tacos. Los ta-qui-tos.

Cuando tocaron el timbre, hace ya cinco meses, supuse —el portero eléctrico no había emitido ningún preaviso— que se trataba del encargado. La suposición rezumaba optimismo: eran las diez y media de la noche, sábado, y el caos de la mudanza me tenía al borde de las lágrimas. Los peones no solo habían roto cuatro tacitas japonesas, regalo de mi ex, sino que faltaban varias toallas y un pulóver de Manos del Uruguay, todo eso sin mencionar el pequeño inconveniente de que no conseguía que los tirantes de la cama encajasen bien en el respaldo.

Abrí la puerta con mi sonrisa más ganadora, esperando el ansiado ofrecimiento de ayuda y calculando cuál sería un monto razonable para la propina. La mujer con que me topé distaba de parecerse al portero, y pronunció su misteriosa frase —nada de buenas noches, nada de mucho gusto— en un tono decididamente agresivo. Debía tener unos tres años y medir unos ocho centímetros menos que yo, y entre las raíces negras de su pelo teñido de zanahoria se divisaban algunas canas prematuras.

Tras un rato de mirarla con la boca abierta, y cuando se me estaba empezando a secar la garganta, opté por decir algo.

Me temo que mi pregunta, aunque quizá esperable en esa situación, no fue un prodigio de perspicacia.

—¿Qué… tacos?

La mujer, azuzada por el tono dubitativo, en que ella seguramente había confirmado el tamaño de mi culpa, lanzó una larga parrafada. Eso me dio tiempo de catalogar los horrores de su indumentaria, desde el *jogging* naranja cuyas manchas sobre el hombro izquierdo proclamaban el vómito de un bebé —según mis cálculos su segundo, pero luego resultaron ser cuatro, verdadero exceso demográfico— hasta las zapatillas Nike roñosas y el reloj digital de plástico.

—Los taquitos, sí. Ayer fue toda la noche, como hasta las cuatro, cuatro y media, dele que te dele caminando. Ni yo ni mi marido pudimos pegar un ojo. Hay gente que trabaja los sábados a la mañana, que se gana la vida, ¿sabés? Tomá Lexotanil si sufrís de insomnio, o por lo menos haceme el favor de usar otros zapatos. ¡Y hoy de nuevo! Como empezaste más temprano vine a tocarte el timbre, porque ya me estás volviendo loca con los ruidos, me retumban en la cabeza. ¡Un poco de consideración…!

—Disculpame.

Creo que lo que detuvo el torrente de quejas no fue el pedido, sino el movimiento de la mano con que le señalé mis alpargatas. De todas formas, no perdí aquella preciosa ventaja en reflexiones; ya que discutir con una vecina neurótica al primer día de mudarme no encabezaba mi lista de prioridades, recompuse la sonrisa ganadora y continué hablando.

—Mucho gusto. Me llamo Inés Gaos y me mudé recién hoy al edificio. Habrás escuchado el despelote que armaron los del flete, porque yo no uso tacos desde la secundaria, cuando se me daba por parecer mayor y también me ponía trajes sastre y mucho maquillaje.

Mi gata Azucena eligió ese momento para emerger del baño, donde se había recluido por la angustia del cambio de casa, y restregarse contra las Nike y el *jogging* imposible. La mujer, de pronto avergonzada por su arrebato, vio en el animal un modo perfecto de pedir disculpas sin hacerlo directamente.

—Qué lindo. Michino, michino...

—Linda. Es gata. ¿Viste que las hembras son siempre más lindas que los machos? No tienen esa carota gorda, y cuando los capan, peor, se vuelven...

Aunque en apariencia conmovida por lo amigable de Azucena —e inclinándose para rascarla detrás de las orejas—, mi vecina no olvidó la causa de su ira, sino que hizo hincapié en el punto que me había alarmado inconscientemente.

—¿Y ayer? ¿Quién caminaba ayer? Porque yo vivo en el 15 C, justo debajo de tu departamento, y te aseguro que era insoportable. Michi, michi; vení, michi. ¿Cómo se llama?

—Azucena, le puse Azucena por la Maizani. La que cantaba *Se va la vida,* ¿te acordás? «Seva-laví-da, seva-y-novuél-ve, escuchá-es-te-con-séjo: siunba-cán-tepro-mé-te-a-como-dár, entrá-de-re-chó-vié-jo».

No puedo decir que el aspecto de Nancy —luego supe que el nombre de mi vecina era Nancy, Nancy Romero— mejorase enormemente al sonreír, pero desde el momento en que lo hizo le tomé cariño. Además, tenía una voz preciosa.

—Claro. Soy loca por los tangos de antes, desde chiquita que me pierden. «Yo-quié-ro, muchá-cha, queal-fín-mos-trés lahi-lá-cha yal-fié-ro re-cuér-do ledés ungol-pedehá-cha».

—Cantás bárbaro, te felicito.

Durante los segundos de silencio que sucedieron a mi elogio Azucena se escapó por el pasillo. El trabajo de traerla de vuelta me impidió cometer una de mis habituales *gaffes,* mostrarme descortés confesando que me gustaba la Maizani pero no el tango en general, por ejemplo, o poniendo en duda que *Se va la vida* fuese un tango. Atrapé a la bestia cuando ya tenía el cuello metido entre los barrotes de la escalera y estaba a punto de lucir sus dotes acrobáticas. Nancy me siguió, alarmada. Los amargos maullidos de Azucena, siempre enfática en sus lamentaciones, puntuaron todo el resto de nuestra conversación.

—¿No querés pasar? Me parece que puedo arreglármelas para hacer un cafecito.

—Gracias, tengo... la comida al fuego.

Nadie que tenga la comida al fuego la abandona durante tanto tiempo: me compadecí de su excusa, de que no pudiera decirle a su marido que se cocinara él, que la esperase media hora.

—Me dejaste preocupada con lo de anoche. ¿Estás segura de que los tacos eran en este departamento?

—Y, sí. No hay otra.

—El que me lo vendió no puede ser, entre otras cosas porque es un hombre, y bastante mayor. Yo no estuve... La tipa de la inmobiliaria, únicamente. Pero me entregó las llaves el jueves, y además, ¿qué iba a estar haciendo hasta las cuatro de la mañana en una casa vacía?

Nancy se pasó las manos por el pantalón y luego hizo crujir sus dedos. Noté que también le temblaba ligeramente el párpado izquierdo: mi vecina era un verdadero catálogo de tics nerviosos.

—No sé si Oscar..., Oscar se llama el encargado..., tendrá una copia de la llave... Pero no creo que haya sido él, yo que vos cambio la cerradura. Hace unos meses mataron a una viejita del sexto, para robarla. Nos enteramos recién a los dos días, cuando vino la sobrina de visita y tuvieron que tirar abajo la puerta porque no contestaba.

Releyendo lo que llevo escrito —lo poco que recién llevo escrito—, me doy cuenta de que genera falsas expectativas: Nancy ha sido un personaje importante en la historia de los últimos cinco meses, pero por cierto no ha ocupado el centro de la escena, pobre. El problema es que ahora no me queda tiempo para remediar este mal comienzo. Continúo, entonces: pese al apuro por bajar a su casa, mi vecina no se fue hasta que le prometí que iba a poner la cadena además de cerrar con llave. También se ofreció a conseguirme un cerrajero para el día siguiente, ante lo cual decidí invitarla a tomar el té: una persona tan ingenua como para suponer que puede ubicar a un cerrajero el domingo, o con tantas conexiones en el barrio como para lograrlo, bien merece su taza de Earl Grey o Lapsang Souchong.

Después estuve arreglando el departamento durante unas horas más. Para cuando cobró un aspecto mínimamente civilizado, y hasta pude sentarme sobre la cama sin que se desplomase de inmediato, tenía las manos al rojo vivo y un terrible dolor de espalda. Como siempre que estoy agotada, solo era capaz de pensar en tres cosas: cognac, unas líneas —esas iban a ser gratis, ya que mi *dealer* me había regalado un papelito para que festejase el cambio de casa— y un baño de inmersión muy caliente.

Empecé por el cognac, o más bien por las gotas de Remy Martin que me quedaban, sobre cuyo regusto eché luego Reserva San Juan. Mientras la primera oleada de alcohol me calentaba el estómago y distendía los músculos, busqué con la vista la cigarrera del bisabuelo Ernesto. Guardo la cocaína allí, junto con un canuto de birome o un billete nuevo y el cortaplumas: es una costumbre que suele provocarme dolores de cabeza, puesto que algunas visitas, atraídas por esa cajita de plata indudablemente antigua, no se resisten a la tentación de manosearla y a veces intentan abrirla. El marco de fotos que uso para picar —de los de acrílico duro, que estuvieron de moda hace ya tiempo— se encontraba, maravilla entre el aún notable desorden, sobre el mismo montón de papeles y revistas que la cigarrera.

Morosamente, disimulando mi apuro por la droga como si estuviese ante otra persona, me hice dos líneas gruesas, aspiré la mitad de una y encendí el grabador, que había venido desde mi vieja casa con una cinta adentro. Del aparato brotó una voz grave, melancólica. Era la cinta que alguien se había olvidado durante la fiesta que organicé en Año Nuevo, aquella canción cuyo autor nunca recuerdo, *Ain't no cure for love.* Mientras abría la puerta ventana del balcón, y al ver cómo Azucena se frotaba contra los objetos y ronroneaba de un modo lastimero, no pude contener una sonrisa triste ante el celo de la gata y la exactitud de la letra: «*There ain't no cure, there ain't no cure, there ain't no cure for love*». Aunque no habla bien del ingenio de los seres humanos, es un hecho que las opiniones y frases trilladas, cursis, suelen ser bastante ciertas. Para el amor no hay remedio.

En el río, engañosamente cerca de la costa, el edificio de la CGT y la Facultad de Ingeniería, se divisaba un buque iluminado, de esos hoteles flotantes que aún siguen dando la vuelta al mundo para visitar sitios tan exóticos como Buenos Aires. Me encanta lo superfluo, de modo que el gigantesco buque —sus gratuitas toneladas de metal y madera— consiguió ensanchar mi sonrisa hasta volverla una mueca tonta además de triste. Vacié mi copa, aspiré la segunda media línea y estuve un rato yendo y viniendo del baño a la cocina —el nuevo calefón no despertaba aún mi confianza al punto de mezclar el agua fría con la caliente— para conseguir una temperatura óptima. Luego, mientras se llenaba la bañera, me serví otro cognac y terminé la cocaína que había picado. El marco de acrílico me echó en cara una borrosa imagen, que detesté: el guiño de jalar, el ceño fruncido, el billete de cincuenta pesos a milímetros de la nariz. Es para evitar momentos semejantes que jamás pico sobre espejos, que tengo en el marco una foto de hace añares, papá y mamá en las Sierras de Córdoba unos meses después de casarse. No me resultó difícil averiguar cómo se había producido el molesto reflejo, decidir que en adelante picaría en la cocina o el escritorio: la lámpara del living comedor estaba muy baja, justo sobre el centro de la mesa. Al colgarla no había calculado aquella ligera incomodidad doméstica.

El teléfono sonó cuando acababa de cerrar la canilla y me disponía a sacarme la ropa. Me quedé con los brazos cruzados a la altura del vientre, la mano derecha aferrando el borde inferior izquierdo de la remera, la izquierda el derecho. Esperé a que comenzara el mensaje, dispuesta a correr hacia el aparato si se trataba de Leopoldo, pero a la vez segura de que sería Alberto. La señal del contestador automático, ese chirrido metálico y agudo, fue tan desagradable como siempre:

> Hola, hola. ¿Estás ahí? Habla tu socio y amigo del alma. Tenemos un lleno, y hasta hay gente esperando afuera... Hoola, Inés, hooola. ¡Che, contestame, boluda! Bueno... En fin, si serás jodida... Te llamo mañana, a ver si todavía necesitás una mano con el departamento. ¡Ah! Pero no te pierdas *El príncipe de las tinieblas*, de Carpenter... La pasan en hbo ole, a las... dos, dentro de un rato. Chau, tonta.

Aunque era Leopoldo el que no me había ayudado con la mudanza ni vuelto a llamar desde la mañana, tuve que esforzarme para que mi enojo no recayese sobre Alberto, que sí había hecho ambas cosas. Leopoldo constituía un agregado reciente a mi vida, y a falta de mejor nombre para designar la naturaleza de nuestra relación —salvo la misma palabra «relación», que suena a «Psicoanálisis explicado a las amas de casa»—, supongo que venía a ser mi novio. No quedaban dudas, sin embargo, de que *él* me consideraba su novia: podía imaginar fácilmente al doctor Leopoldo Vidal Casares en La Plata, festejando el cumpleaños de su anciana y querida madre y lamentando que «mi novia, que es medio loca» hubiese elegido una fecha tan inapropiada para mudarse.

Terminé de desnudarme, me puse la gorra de baño y coloqué mi reloj pulsera sobre la tapa del inodoro. Durante unos instantes sentí que alguien me estaba observando, que algo se movía a mis espaldas, pero enseguida me acordé del espejo que había hecho instalar en la cara interior de la puerta. Lo estrené. Esa segunda imagen fue más halagüeña que la del marco de acrílico; mido un metro setenta y seis descalza, y aunque quede mal vanagloriarse de ello, mis formas conservan a los treinta y uno —espero cumplir treinta y dos en agosto— la elasticidad de los diecisiete. Las huellas de la mala vida y el poco ejercicio físico solo pueden recabarse en el pelo, que ahora uso corto porque se me ha vuelto quebradizo, y las finísimas arrugas en torno a los ojos. Cuando por esos mínimos detalles, sin embargo, ya estaba a punto de jurar que me entregaría al yugo de gimnasios y dietas, Azucena recomenzó su concierto. Mi idea del paraíso no es una gatita maullándote los dolores del mundo a la cara, las patas apoyadas sobre el borde de la bañera, de modo que la llevé al living y trabé la puerta del baño por dentro.

El agua estaba hirviendo. Tras los estúpidos movimientos del caso —meter un pie, luego el otro; arrodillarse y resoplar; estirar las piernas y hundir el torso solo para sacarlo conteniendo un grito; resignarse finalmente a la temperatura y descubrir poco a poco que no es tan terrible—, me indigné de veras con Leopoldo y le perdoné a Alberto su eterna amabilidad y cariño. Por obra del cansancio físico, o de la cocaína y el cognac, dos recuerdos de Alberto Leboud se superpusieron entonces en mi mente. Uno era el de ese chico flaquito, más bajo que yo, sentado junto a mis miedos de provincia el primer día de clases en el Nacional Buenos Aires; el otro, el de Alberto gordo y muy alto —un metro noventa, ciento cinco kilos de peso— en el aeropuerto de Ezeiza cuando yo volvía al país por la muerte de mi padre, recién separada y después de pasar un año y medio en Estados Unidos. Mientras me enjabonaba, deduje que lo vívido de esos recuerdos, por cierto más inocentes que algunos de la serie Leboud, se debía a su importancia para mi identidad personal, autoestima o como quiera se llame la cosa. Alberto no es solo mi mejor y más antiguo amigo, sino el primero que tuve en la secundaria. Y Alberto me propuso, apenas bajé de aquel maldito avión de Líneas Aéreas Paraguayas —ni idea de qué hacer con mi vida— que nos asociáramos para poner el restaurante.

Aunque por fortuna cada vez menos frecuentes, y desde el baño deliciosamente distantes, los maullidos de Azucena seguían ganándome una buena fama en el edificio. Esforcé los ojos para distinguir la hora, y a través del cristal empañado de mi reloj vi o creí ver que las agujas marcaban entre las dos y veinte y las dos y veinticinco. No estoy segura de si pensé que Alberto, por el lleno del restaurante, se debía estar perdiendo su película de terror; el mero hecho de que dude acerca de ello, sin embargo, indica que algo así cruzó mi mente, y que yo no estaba muy lúcida: Alberto colecciona esas películas —no espera a que las repongan por televisión—, y además es dueño del videoclub que está a una cuadra de Picante.

Todavía no entiendo bien el moderado éxito del restaurante, que me permite prescindir de la ayuda financiera y las intromisiones de mamá. Supongo que se lo debemos en parte a la proximidad de la Casa Rosada, el Concejo Deliberante, los Ministerios y otros sitios donde la gente hace dinero fácil. Hay veces que cuento treinta celulares en el local, que solo tiene veinticinco mesas. Si por mí fuera echaría a patadas a muchos de los clientes, pero la competencia en San Telmo es feroz y nuestro restaurante demasiado rarito como para darse esos lujos. Considerando los gustos argentinos en materia de gastronomía, es una maravilla que no nos hayan linchado en la plaza Dorrego por atentar contra los más queridos símbolos patrios: el bife de chorizo semicrudo, las papas fritas húmedas y la ensalada mixta hecha con lechugas viejas, tomates arenosos y cebollas delicuescentes. En Picante servimos el nombre: jambalaya de Luisiana, saice boliviano, curries indios y tailandeses, chupe peruano, mole de puerco y cualquier cosa que nos garantice una boca anestesiada y un gran consumo de bebidas.

No puedo haber apoyado la cabeza y cerrado los ojos mucho más tarde de las dos y media. Me había puesto de pie en la bañera, enjabonado bien y luego hundido todo el cuerpo en el agua. Recuerdo con claridad que no quise volver a incorporarme de inmediato, sacar el tapón y abrir la ducha para enjuagarme —lo que hago normalmente— porque me sobrevino una demoledora lasitud, cedí a las caricias tibias de ese líquido jabonoso y ya bastante sucio.

Desperté, si es que en realidad había dormido, a causa del olor. Era algo nauseabundo, como una mezcla de excrementos animales, azufre y sábanas de enfermo. Contuve a duras penas las arcadas antes de reparar en la otra anormalidad, un frío intensísimo que no provenía de la bañera sino del ambiente todo. Una verdadera neblina rodeaba mi torso, y el aire exhalado se añadía a ella tan pronto dejaba mi nariz. Resbalé al salir del agua, y durante los segundos en que hice equilibrio —un pie adentro, el otro ya afuera— el peligro de lastimarme seriamente fue muy real. Eso me produjo palpitaciones, pero también logró que una bienvenida ola de calor me recorriese el organismo. Respiré hondo varias veces, y en cuanto cesaron las palpitaciones —tan de golpe como habían comenzado— manotée la salida de baño. Acababa de ponérmela cuando lo escuché. Di un instintivo paso hacia atrás, lo que me valió golpearme la pierna con el bidet, un moretón en la pantorrilla que me duró días y coleccionó una variadísima gama de colores.

Los pasos eran lentos, casi inseguros. El hombre cojeaba —podía oír cómo uno de sus pies rozaba siempre el piso— y debía tener chapas de metal en la puntera y el taco de sus botas. (Desconozco por qué estaba convencida de que eran botas; el sexo masculino, en cambio, lo supusieron al instante mis razonables miedos y prejuicios). Aunque hubo un momento de absoluta indiferencia, de hasta sombrío regocijo por haber descubierto el origen de «los taquitos», muy pronto el pánico me mordió la columna y tomó de la garganta, me lastimó la boca del estómago. Sentí deseos de orinar. Temblaba, y mientras temblaba aquella presencia se movía hacia mí, rastreando el miedo como lo hacen en sueños ciertos animales inexistentes y muy peligrosos.

Cuando el hombre se detuvo frente a la puerta, el olor que despedía se volvió menos intolerable —una se acostumbra a casi todo— y el frío polar, desmesurado. Disminuyeron mis arcadas y aumentaron mis temblores. La respiración de esa cosa, un ritmo trabajoso y asmático, parecía provenir de una altura inhumana, como si su boca estuviese a centímetros del dintel o incluso más arriba. Sin apartar los ojos de la traba y la manija de la puerta, retrocedí hasta el inodoro, tomé el reloj entre las manos y me senté. El baño no tiene ventanas, de modo que pedir ayuda era tan inútil como persignarse y rezar. Pasó una eternidad antes de que el hombre intentara abrir la puerta, y cuando lo hizo casi me maldije por haber puesto la traba, tanto mejor se me hacía que todo terminase pronto. La manija bajó una vez, lentamente, y luego subió lentamente para recuperar su posición inicial.

No hubo gritos ni forcejeos. Solo se retiraron los pasos, y con ellos el olor y el frío. Agucé los oídos y volví a aguzarlos: nada, ni el más mínimo movimiento. Apenas se escuchaba el batir de las cortinas en el living. Estuve sentada sobre el inodoro, las rodillas juntas y la mandíbula rígida, hasta que no pude aguantarme más. Levanté la tapa y oriné como nunca antes, como desafiando a aquella presencia malévola con el desparpajo de mis ruidos íntimos. Le quité la traba a la puerta, ya decidida a cualquier cosa, pero al tomar la manija me topé con otra sorpresa: el metal estaba hirviendo, y un breve contacto bastó para ampollarme la palma. Tuve que usar una toalla, que no amortiguó por completo la temperatura.

El cuarto y el escritorio se hallaban libres de intrusos. Al llegar a la cocina tuve miedo otra vez, porque de ella brotaba un olor asqueroso. Miré hacia adentro y no vi nada. El living y el balcón también estaban vacíos, pero noté que no le había hecho caso a Nancy —aunque hubiese jurado que sí— acerca de poner la cadena además de cerrar con llave. Entonces me di cuenta. El olor de la cocina no era el mismo de aquel hombre, sino uno muy reconocible. Encontré a la gatita, que se había ensuciado, acurrucada detrás del lavarropas.

Nelson Floreal estaba nervioso. Miró a su madre, para ver si lograba que le hablase con la cabeza, pero la anciana dormía. Sobre el mantel de hule, los platos y cubiertos grasientos, las migas de pan y los dos vasos de vino —vacío el suyo, casi lleno el otro— despedían un brillo opaco y malsano. Se prometió cambiar la lamparita, poner una más fuerte aunque eso alterase lo que él llamaba «el aura» del local. Luego cerró los ojos para concentrarse, anticipando el fracaso de rutina: desde que su madre había quedado hemipléjica, seis años atrás, se comunicaban así solo cuando ella estaba en condiciones de iniciar los mensajes.

Al cabo de un rato suspiró con desconsuelo, abandonando la pose algo teatral —codos apoyados, cada dedo índice sobre su respectiva sien, pulgares bajo la mandíbula— que adoptaba durante las consultas pero se le había vuelto un hábito fuera de ellas. Ya de pie, apiló los platos y cubiertos, puso la pila a la altura del borde de la mesa y usó el filo de la mano derecha para barrer las miguitas hacia allí. Tuvo bastante éxito: la mayor parte cayó en el plato de arriba. Un inmenso espejo, cuyo marco negro con los signos del zodiaco le había costado muchísimo trabajo, reflejó la mitad de su cuerpo.

La cara de Nelson Floreal era su más importante fuente de ingresos. Los ojos muy separados y de un celeste plomizo, la nariz aguileña y la frente ancha contrastaban con su piel cetrina y pelo negrísimo, que él teñía una vez por mes y peinaba a lo Príncipe Valiente. Esas facciones impresionaban e infundían confianza; de haber actuado en política hubiese tenido muchos seguidores, pero Nelson Floreal era uruguayo y su educación, apenas la básica.

Mientras examinaba su propia figura en el espejo, inventariando los estragos e injusticias de la vida —el vientre le parecía aquella noche más abultado, el vello del pecho más grisáceo—, Nelson Floreal sintió que su nerviosismo iba en aumento, que el carácter inexplicable del mismo lo volvía angustiante. No se trataba tan solo del calor, no era cosa de la humedad y baja presión de otro sábado de febrero en Buenos Aires. Le alzó los hombros a su imagen —como para señalarle que él también estaba a oscuras—, se subió el cierre del short blanco que llevaba, cuya tendencia a bajarse era muy molesta, y avanzó hacia la cocina.

La pequeña casa —local al frente, dos dormitorios, un patio para los perros— había resultado la salvación de Nelson Floreal y su madre. Se la prestaba un gallego agradecido por ciertos consejos comerciales, y solo debían pagar los impuestos y servicios. Mientras tiraba los restos de comida al tacho de basura, recordó con horror y alivio los muchos años pasados en pensiones, el problema de no tener un sitio fijo para recibir a los clientes. Puso los platos en la pileta y se dio el lujo de descorchar otra damajuana de tinto. Había atravesado de nuevo la mitad del patio cuando escuchó la voz de su amigo.

—¡Che, Ortega! ¡Yorugua! ¿Hay un vinito?

Atilio, el kiosquero de Independencia y Deán Funes, solía pasarse a tomar unos tragos a eso de las once y media, después de cerrar. Como muchos argentinos, lo llamaba por el apellido en vez de por sus dos sonoros nombres, y como muchos argentinos conseguía que el trato más respetuoso, a fuerza de la tonada tanguera y el abuso del vesre, resultase el más agresivo. Nelson Floreal no quería que los gritos despertasen a su madre, que siempre dormitaba un rato en la silla después de las comidas, de modo que se apuró por llegar a la puerta. Como la cortina metálica estaba a medio bajar —a fin de que los transeúntes no averiguasen que el local hacía también las veces de living comedor—, su amigo tuvo que agacharse. Se golpeó la cabeza contra el borde, y el hecho de que ni lo notara reveló que el vinito pedido era la continuación de una larga serie. El golpe hizo estremecer a Nelson Floreal, que cerró por un instante los ojos.

—No hagas barullo, que me la despertás a la vieja.

—Perdoname. ¿Se despertó en serio?

La pregunta era ociosa. Desde junto a la puerta, Atilio podía ver perfectamente —y sobre todo escuchar perfectamente— que doña Adela roncaba. Nelson Floreal estudió a su amigo; siempre que lo hacía, acababa maravillándose de que la hipertensión lo dejara seguir con vida. La tez de Atilio, incluida su calva, mostraba siempre un color rojizo, la nicotina le teñía el fino bigote blanco y todo su rostro estaba sembrado de puntos negros y quistes sebáceos. Respirar parecía costarle un esfuerzo enorme, y las manos le temblaban tanto que cualquier médico le hubiese diagnosticado un daño neurológico irreversible. No obstante, mantenía su kiosco abierto de las ocho de la mañana a las once de la noche, sin respetar domingos ni feriados y sin permitir que su esposa lo reemplazase mucho tiempo en el puesto de batalla. Nelson Floreal levantó la damajuana.

—Acabo de abrirla. Ayudame a traer los banquitos.

—Dale.

Pese a su respuesta, y a la premura alcohólica, Atilio se quedó en su lugar. Le dio una pitada al constante cigarrillo y empleó ese mismo movimiento para echar hacia atrás la cabeza, indicando con el mentón lo que nombraba.

—Te quedó diez puntos.

El cartel nuevo —chapa y madera— se estaba secando todavía. Las letras verdes rezaban, publicitarias:

BARAJA ESPAÑOLA

BARAJA FRANCESA

TAROT

AYUDA ESPIRITUAL

PARA VOS

TU FAMILIA

TU TRABAJO

TUS AFECTOS

ABSOLUTA RESERVA

Nelson Floreal enrojeció, halagado. Había invertido varias siestas en perfeccionar los barrocos trazos.

—Sí, ¿no?

Una horas más tarde, los dos hombres tomaban vino en la vereda, frente a la puerta. Doña Adela había sido trasladada sin problemas de su silla a la cama, y Nelson Floreal comenzaba a persuadirse de que la única causa de su desasosiego era el clima. El hielo atemperaba la aspereza del tinto común, y al permitirles beber con mayor rapidez también los hacía transpirar muchísimo. Charlaban sobre todo de política. Atilio le comentaba a su amigo las razones por las que ya no se lo veía en la Unidad Básica de La Rioja y San Juan, y sí en el local del MODIN de Deán Funes y Estados Unidos. El tarotista, que simpatizaba con el Frente Amplio de su país, no oponía mucha resistencia a los reclamos de orden y mano dura de su interlolcutor, y se limitaba a quejarse de las autoridades e intercalar anécdotas referidas a Líber Seregni. Solo se enojaba cuando Atilio insistía en el origen militar del político uruguayo.

Hubiesen podido seguir así toda la noche, pero cuando Atilio entró a buscar hielo —era la segunda vez que lo necesitaban, y le tocaba a él levantarse—, la calle Estados Unidos experimentó un cambio. Nelson Floreal escuchó el motor de un 23 y giró la cabeza hacia la izquierda, hacia La Rioja, maravillándose de que un vehículo de esa línea de colectivos circulase pasadas las dos de la madrugada. La descomunal araña —o lo que hubiera sido una araña de no contar con patas supernumerarias, llenas de ojos humanos que rezumaban un líquido amarillo, de aspecto viscoso— pasó corriendo frente a él. Tenía el tamaño de un toro, y su rumbo era el opuesto al del colectivo. Se encontraron a mitad de cuadra —hubo un terrible momento de fusión, en que las patas del monstruo parecieron parte del vehículo— y luego cada cual prosiguió su camino, limpiamente atravesado por el otro.

Los visitantes abundaban; Nelson Floreal, que solo los vislumbraba de cuando en cuando, borrosos y efímeros, nunca había visto tantos juntos, tan nítidos y persistentes. Dos hombres desnudos cruzaban floretes junto a la parada del 23, y no interrumpieron su duelo para abrirle paso a la chica que había bajado del colectivo. Sobre las ramas de un árbol seco, frente al taller mecánico Los Cuñados, se sentaba una jauría completa de perros o lobos: por los flancos y el pecho de varios, cubiertos de heridas, corría la sangre en grandes cantidades. Nelson Floreal no se asombró de que se esfumara al tocar las ramas, reapareciese en el aire y luego se esfumara otra vez al chocar contra la vereda.

No todos los visitantes eran bizarros o siniestros. Frente al autoservicio de los coreanos, también sobre Estados Unidos pero más cerca de Catamarca, había un tobogán de vivos colores y lustrada madera, demasiado perfecto y limpio como para formar parte de una plaza porteña. El chico que se deslizaba por él, llegaba al suelo y subía de inmediato la escalerilla para repetir su hazaña era hermoso e irradiaba contento. Sus pantalones cortos de franela, el escudo del *blazer* y la corbata a rayas azules y rojas lo identificaban como alumno de un colegio caro, de Belgrano o Martínez. Era muy blanco —desde donde estaba, Nelson Floreal lo adivinó lleno de pecas y le dio ocho, nueve años—, con un mechón clásico y rubio que le cubría media cara. Mirarlo deslizarse por el tobogán provocaba una felicidad nostálgica, del tipo que algunas personas que lloran en los conciertos dicen sentir ante la música. El tarotista, que no escuchaba a Mozart con frecuencia, se limitó a una sonrisa agradecida y ancha.

—¿Qué pasa, viejo? Andás en babia. ¿Te estás acordando del mejor polvo de tu vida o qué?

Atilio no solo había retornado con el hielo, sino que tenía todo el aspecto de llevar un rato extendiéndole el vaso. Como esa postura no ayudaba a sus temblores, los cubitos tintineaban furiosamente.

—Para nada. Linda la noche, ¿no?

—Linda para los que duermen con aire acondicionado. El novi, Ortega, me cago en vos.

—Ta, ta. Qué tipo.

Mientras sacaba la damajuana de entre sus piernas y le servía al kiosquero —que luego derramó una considerable cantidad en el trayecto hasta la boca—, Nelson Floreal volvió a sentir el aguijón de la angustia. El chico del tobogán continuaba con su rutina, pero ya se estaba desvaneciendo, no le infundía calma como momentos antes. Atilio bebió un largo trago y produjo unos ruidos que indicaban su absoluto acuerdo con el gusto —o al menos el efecto— del líquido.

Después levantó su vaso, por enésima vez en la noche.

—Salud.

Nelson Floreal lo imitó, aunque no al punto de expresar sonoramente su conformidad con el vino que tomaban. A pocos pasos del kiosquero, un tractor amarillo vibraba en su sitio, bañado de rocío como al comienzo de una jornada de trabajo. No había nadie al volante, pero Nelson Floreal supo apreciar los detalles: la marca John Deere sobre la trompa, una calcomanía con «LOS ARGENTINOS SOMOS DERECHOS Y HUMANOS», el barro de las gomas.

—Salud. Y, Atilio..., ¿viste algo bueno esta semana?

El kiosquero disfrutaba contando películas, y Nelson Floreal, aunque le envidiaba su aparato de video, se complacía en el placer vicario de oír esos argumentos improbables y banales. Ansiaba, por otra parte, olvidar su agitación y el número inusitado de visitantes, y la repetida escena de que su amigo le relatara una historia prometía distraerlo de ambas cosas.

—Sí, *El último boy scout,* de un detective cornudo. Rara.

Mientras Atilio, con múltiples interjecciones y onomatopeyas, desarrollaba la trama, más y más visitantes se iban añadiendo a la esquina de Estados Unidos y Deán Funes; por cada uno que desaparecía, varios tomaban su sitio. A Nelson Floreal le hubiese resultado difícil mantener la vista fija en el rostro de su amigo, cuyos modos descorteses no le impedían ofenderse ante los del prójimo, pero entre la nube de moscas que había aparecido junto a la oreja derecha de este había una tan sólida como ellos dos. Volaba tras sus fantasmales congéneres, enloquecida y topándose tan solo con el aire húmedo de la noche. Durante por lo menos diez minutos, Nelson Floreal se concentró en ese y otros espectáculos que ocurrían a espaldas de Atilio. El kiosquero interpretó tamaña fascinación como un homenaje a sus dotes narrativas, y los enérgicos gestos con que procedió a subrayar la historia volvieron a hacer peligrar el contenido de su vaso.

—Entonces Bruce Willis le dice: «Si me tocas otra vez, te mato».

Atilio hizo una pausa, en parte para no derramar vino y en parte para que el tarotista apreciase el purísimo acento de doblaje que él ponía en boca de los actores. Estaba orgulloso de ese detalle, que a su juicio era toda una garantía de verosimilitud, y le molestó que no provocara ningún cambio en la expresión de su oyente.

—Bueno... El tipo se ríe (acordate que está armado) y le pega un terrible trompis... Y ahí nomás ¡zac!, Willis lo mata, ¿podés creer? Le hunde la nariz en la cabeza, de un solo golpe de esos que aprendió en el FBI, la CIA, no sé.

El pequeño clímax narrativo coincidió con la súbita desaparición de los visitantes. Nelson Floreal se sobresaltó como por obra de un ruido fuerte e imprevisto, y movió la cabeza en todas direcciones para comprobar si no quedaba ninguno. Aquello era extraño, porque así como se materializaban de golpe solían desvanecerse muy de a poco: momentos antes, inclusive, había observado el fin del tractor amarillo, su pasaje de vago contorno a mera nada. Cuando consiguió relajar los músculos de su cuello y hombros, contraídos por la sorpresa, vio que Atilio lo estaba mirando interrogativamente. Para disimular su turbación, el tarotista apeló al recurso de agregarle más hielo al vino; intentó que el gesto fuese natural, que se prolongase en un requerimiento obvio.

—¿Y?

El cubito, manoteado con escasa gracia y menos aplomo, se le escapó de entre los dedos cuando todavía estaba a unos veinte centímetros del vaso. Las salpicaduras llegaron hasta el pie de Atilio, que calzaba ojotas, y decoraron de rojo el short de Nelson Floreal.

—¡Pero la...!

—¿Qué carajo...?

Ambos se echaron a reír, conscientes de que sus exabruptos los habían puesto en ridículo. Atilio fue el primero en reponerse, y tras sacudir el pie mojado volvió a preguntar por el raro comportamiento del tarotista.

—¿Te pasa algo, che? Estás...

—Nada, no. Pará un cachito que me limpie.

Cuando Nelson Floreal entró a la casa —tras agacharse para sortear el escollo de la cortina, y golpearse la cabeza como antes su amigo—, el calor atrapado en ella lo hizo anhelar de inmediato la relativa frescura externa. Los dos perros estaban bajo la mesa, pero el tarotista no pudo asombrarse de que hubiesen elegido ese sitio para dormir porque uno gimió breve y lastimeramente, reclamando la compasión de su amo. Al ponerse en cuclillas para acariciarlos, descubrió que estaban aterrorizados. El que no había gemido le mostró los dientes.

De pie otra vez, con las manos en la cintura y frunciendo el ceño, Nelson Floreal exhaló un aliento vinoso y agrio. No le gustaban los sucesos de esa noche. No le gustaban ni la conducta de los perros ni la abundancia de visitantes, y sobre todo no le gustaba su propio nerviosismo.

—Nelson Flr... al.

—¿Mamá?

—Elpa... io... el patio.

Al mismo tiempo que recibía el mensaje de su madre, y mientras cerraba los ojos para captarlo más claramente, Nelson Floreal percibió un olor muy desagradable, mezcla de cloaca y sábanas usadas. No era fuerte, pero eso solo porque parecía venir de lejos.

—¿Qué pasa, mamá?

—Un prófugo.

El tarotista cambió instantánea e inconscientemente de método de comunicación: corrió por el pasillo que daba al patio pronunciado su respuesta en voz alta.

—No puede ser.

Antes de llegar al mosquitero, echó un vistazo hacia el interior del cuarto de su madre. Doña Adela se había sentado en la cama, y la parte izquierda de su rostro —la parte viva— le imploraba a su hijo que no enfrentase a la presencia. Nelson Floreal se dio cuenta recién entonces de su temeridad, pero ya era demasiado tarde: estaba casi en el patio. Lo que divisó a través del alambre tejido, sin embargo, no producía pánico ni angustia. Una gatita cualunque —blanca y negra, pelo relativamente largo— intentaba limpiarse el excremento que la cubría, por su coloración humano y no felino. De vez en cuando, obviamente en celo, interrumpía su labor para aplastarse contra el piso y levantar la cola. Aunque preocupado porque su madre hubiese confundido a un prófugo con un visitante, Nelson Floreal esbozó una sonrisa. Estaba a punto de empujar el mosquitero cuando apareció la otra silueta. Era un hombre de espaldas, calvo. Sus ropas parecían de seda, y cambiaban de color al mínimo movimiento, como si contuviesen dentro de sí las más perversas combinaciones del arco iris. Su estatura, verdaderamente asombrosa, debía rondar los dos metros y medio.

—¡Nelson Floreal, no!

El nuevo y ya iracundo mensaje de su madre no hizo mella en el tarotista. Apoyó una mano sobre el mosquitero —pensando, con cierta incongruencia, en la habilidad que habían demostrado los perros para abrirlo y entrar a la casa— y vio cómo el hombre avanzaba hacia la gatita blanca y negra. No hubo tiempo de que reparase en que arrastraba un pie, porque el animal maulló de dolor en cuanto esa torre humana se inclinó a recogerla. Nelson Floreal retiró la mano del alambre como si se tratara de una superficie muy caliente: los visitantes jamás producían sonidos.

El prófugo hundió su izquierda en el lomo de la gata. Cuando alzó a la bestia, convertida de golpe en peso muerto, el cuero del espinazo formaba una horrible manija, bajo la cual la franja sanguinolenta de músculos, tendones y hueso latía con desenfreno ya póstumo. Hubo otro maullido, entrecortado y feroz, antes de que la gata y su verdugo se esfumasen. El desagradable olor, prueba adicional de que no eran visitantes, persistió por unos segundos en las narinas del tarotista.

—Hijo.

—Tenías razón, mamá. Pero por eso mismo yo no puedo ser arconte.

—Vení. Quiero verte la cara.

Doña Adela había vuelto a apoyar su cabeza sobre la almohada. Aquel rostro, salvo por los rasgos más africanos y el pelo crespo —herencia de un bisabuelo—, era para Nelson Floreal demasiado profético, le anticipaba sin contemplaciones su propia vejez. Sin entrar del todo al cuarto, miró a su madre desde la puerta, consciente de que la tristeza que sentía era fruto de la tintura: la negra de él, la que ella había dejado de usar.

—¿Cuántas veces hablamos de esto, hijo?

—Lo que hacemos… Qué sé yo. Pero no es hablar, mamá, te juro.

—Basta. Escuchame.

Nelson Floreal reprimió un sollozo.

—No puedo ser tu sucesor, me faltan poderes.

Con la ayuda de su postración y la escasa luz, doña Adela pudo disimular que ella también estaba al borde del llanto.

—Aunque te falten, sos el único que conozco. Sos lo único que tengo. Escuchame. El Cerco corre peligro, hay alguien que tiene pérdidas… Ese prófugo que viste no apareció exactamente en nuestro patio, fue un reflejo, pero la brecha por la que entra y sale, que ya debe ser bastante antigua…, le calculo cuatro años…, está acá nomás en Buenos Aires, dentro de la ciudad. Una brecha es como que anda siempre siguiendo a la persona que tiene pérdidas, nunca la vas a encontrar muy lejos de ella aunque el prófugo mismo sí se mueva mucho. Es tu turno, yo ya no puedo sola.

Nelson Floreal volvió con su amigo. Las manchas del short blanco ya carecían de remedio, así como era inevitable escuchar el resto de una mala película.

Apenas subimos al avión de Cubana me percaté de que nuestras vacaciones no iban a ser perfectas. La mayor parte de los pasajeros argentinos eran agentes de viajes invitados a conocer los hoteles de Varadero, mientras que las caras de los pocos cubanos eran tan reveladoras que solo les faltaba el sello BURÓCRATA DEL PARTIDO sobre la frente. Los dos grupos congeniaban: para angustia de las azafatas, que pedían «disciplina, compañeros, disciplina» como si estuviesen ante colegiales, gritos y chistes obscenos reafirmaban la unidad latinoamericana. El pobre Leopoldo hacía lo posible por concentrarse en un *Granma* de la semana anterior, cuyos titulares eran del tipo «En Puerto Santiaguero el donativo vietnamita de arroz», o «Abanderado el contingente Hermanos Martínez Tamayo». Recuerdo que lo estuve observando de reojo —conmovida, supongo ahora que enamorada— hasta que dejamos atrás Ezeiza y pudimos desabrocharnos los cinturones. Sin el escudo protector de su impecable traje, y rodeado de personas que nada sabían del Dr. Vidal Casares, joven y brillante penalista, Leopoldo me pareció frágil y aniñado. Nunca lo había visto en un medio tan ajeno a él, y temí por el efecto que una convivencia de dos semanas

—nuestra primera convivencia larga— pudiese tener sobre nosotros. Aún no había aprendido que lo que una teme jamás ocurre: nada pasa, o lo que finalmente pasa es algo peor.

Dos de los cubanos dejaron sus asientos y caminaron por el pasillo, rumbo al cubículo desde donde las azafatas traen la comida. Hablaban en voz alta, pero no les presté atención porque estaba registrando para la posteridad la ropa de Leopoldo. Era obvio que se sentía incómodo en ella, que la consideraba un necesario pero doloroso tributo al tiránico dios del buen gusto: chomba Ralph Lauren mostaza —medias al tono, ignoro de qué marca—, cinturón de cuero crudo, un jean Levi's 505 y mocasines Guido clásicos. Me abstuve de comentarle que los cuentaganados ya no se usaban, y tampoco le pregunté si no extrañaba —menos por la prenda en sí que por el escudito de la UCR en la solapa— el saco.

—¿Escuchaste, mi amor?

Tardé en responderle. Lo hacía siempre que me miraba a los ojos. Leopoldo era lo que se dice un perfecto ejemplar de morocho argentino, rey de París. Sus rasgos completamente regulares, el pelo negro peinado a la gomina y esos hombros de hacer aparatos me ponían loca. Y para colmo, pese a sus rutinarias ideas, no era ningún tonto. A veces —muy escasas veces— me entraban ganas de ser yo un poco más tonta, simplemente para complacerlo.

—Inés, ¿escuchaste?

—No. ¿Qué?

—Hablaban de Santiago, de una escala en Santiago de Chile.

El calamitoso estado del avión prometía imprevistos mucho peores, de modo que me encogí de hombros y dije lo primero que se me ocurrió: la cosa era impedir que Leopoldo armase uno de sus típicos escándalos, como esas insufribles peleas con los mozos —como si me hicieran falta, las peleas con los mozos— cada vez que salíamos a tomar algo.

—¿No será Santiago de Cuba?

Mi estratagema no surtió efecto. Leopoldo, que había oído demasiado bien el diálogo entre los funcionarios, se puso de pie para interceptar a otro cubano. Los bigotazos, la guayabera color crudo, los pantalones verdes y el Montecristo en alto transformaban a ese hombre en su propia caricatura.

—Es inaudito.

El cubano, tan sorprendido por las pomposas palabras de Leopoldo como por que le bloqueasen el camino, solo atinó a mostrar algunos dientes de oro.

—Disculpe, pero estoy escuchando que vamos a hacer escala en Santiago, y a mí me vendieron el pasaje como directo Buenos Aires-Habana. Vea, aquí…

Antes de que Leopoldo pudiese abrir su bolso para enarbolar la definitiva prueba, el hombre mostró más dientes y le puso una mano —la del Montecristo— sobre el pecho.

—Pues claro, compañero. Directo vía Santiago.

Aquella proeza dialéctica dejó atónito al Dr. Vidal Casares, que por toda respuesta solo pudo desplomarse de nuevo en su asiento. Confieso que me reí a las carcajadas, aunque a mí tampoco me hacía gracia que el tiempo de vuelo se duplicase, y me sobraban razones para no querer pasar por otro aeropuerto. Mi risa se fue convirtiendo en un ataque de tos, bienvenido porque morigeró la rabieta de Leopoldo, que tuvo que pedirle a la azafata un vaso de agua. Para cuando llegó, el rostro de mi novio —maldita palabra— estaba bastante menos bermellón que el mío. Bebí el líquido con avidez, a grandes sorbos que me aliviaron. Frente a nosotros, sobre la pantalla que luego serviría para proyectar una película, apareció el mapa de Sudamérica: unos numeritos indicaban la altura y velocidad de la nave, otros la distancia y hora estimada de arribo a Santiago; la línea amarilla y fina que se movía hacia el oeste desde Buenos Aires, lenta e imperceptiblemente, era nuestra trayectoria.

—No me digas que el tipo no estuvo genial. «Directo vía Santiago, compañero». Te hubieras visto la cara.

Leopoldo sonrió apenas, con un dejo de amargura y moviendo la cabeza como quien se resigna a haber sido víctima de un chiste.

—Genial, sí. Bárbaro.

—¡Ay, che! Fuiste vos el que insististe con estas vacaciones, con que había que ir a Cuba antes de que cambiara la mano. Yo prefería Cancún, que también es palmeras y playa pero sin sociología. Además, el tipo no tiene la culpa. Los hijos de puta son los de la agencia de viajes.

Los ojos de Leopoldo se calmaron, y él se inclinó hacia su derecha, hacia mí.

—Dame un beso.

No me costó trabajo obedecer; la boca del Dr. Vidal Casares jamás se apartaba de la temperatura justa, no era de esas cavidades hirvientes que segregan un exceso de saliva. Ahora mismo, después de todo lo que ha pasado, mi memoria muscular puede representarse con absoluta nitidez la blanda cuña de su lengua. Mientras lo besaba, sin embargo, contenta por su repentino cambio de ánimo, no imaginé que al poco tiempo estaría deseando verlo en pleno *match* de box con el ocurrente burócrata cubano. Mi asignación de culpas tuvo el efecto buscado, sí, pero gracias a ella Leopoldo decidió reservar su ira para el futuro y se pasó hora y pico aburriéndome con los insultos y amenazas legales que haría llover sobre nuestra malhadada agencia de viajes. Cuando aterrizamos en Chile los oídos me zumbaban, y no por obra de los cambios de presión.

Francamente, el aeropuerto de Santiago no me pareció gran cosa; si eso era el milagro económico chileno, los grandes éxitos de Pinochet se habían limitado al rubro secuestro, tortura y muerte de opositores. Intentamos pasar el tiempo con la ayuda de nuestras tarjetas de crédito, pero los cuatro o cinco negocios *Duty Free* fueron un verdadero fiasco. En Chile deben ser más nacionalistas que en otros países, o por lo menos creer que todo el mundo se pierde por los bichos enlatados, porque casi lo único que vendían los comercios eran cholgas, centolla, choritos y demás criaturas del Pacífico. Leopoldo, que albergaba la esperanza —insólita en él— de conseguir Jim Beam o Four Roses y no encontró ni el clásico Jack Daniel's, quiso consolarse comprándome unos aritos de plata y lapislázuli; eran divinos, pero no los acepté: en el aeropuerto había tanto lapislázuli como mariscos en lata, lo que me daba la pauta de que esa piedra era el equivalente chileno de la rodocrosita. Dirán que soy bastante tilinga, pero lo cierto es que me pongo mal cuando uso algo que el medio pelo considera mersa. A esta edad ya tengo derecho de vivir sin culpa mis limitaciones.

No recuerdo ni el momento de reembarcar ni la cena que nos sirvieron, por lo que supongo que deben haber sido indoloro el primero y a base de pollo la otra. Lo que sí sé es que al cabo de unas horas Leopoldo dormía pesadamente, las luces estaban apagadas y yo trataba de concentrarme en la película. Era *El guardaespaldas,* y para cuando los gritos de Whitney Houston encararon una canción cuya letra parecía consistir de solo dos vocales —«I-á... I-á... I-á...»— repetidas hasta el hartazgo más angustiante, me quité los auriculares y cerré los ojos. De inmediato me sumí en la duermevela típica del viaje largo, el semisueño raro en que una no solo escucha desde lejos los ruidos y respiraciones que la rodean, sino que los propios pensamientos entran a formar parte de ese amortiguado exterior.

Viajamos un viernes, para ser más precisos el viernes 4 de junio. Creo que desde fines de marzo que no retornaba, ni despierta ni semidormida, a mi pesadilla del hombre gigantesco; había hecho lo posible por apartarla de mi mente, sobre todo después del intranquilo silencio —seguido de torpes bromas— de Alberto, quien como siempre había sido el único depositario de la confidencia. (Alberto es antropólogo, y desde hace años prepara una tesis para FLACSO, CLACSO o alguna otra sigla así llamada «Prácticas religosas alternativas en Buenos Aires (1880-1990)»: no le hizo gracia que yo compitiera con sus libros de ocultismo, su Escuela Científica Basilio y sus películas de terror, que nunca entendí cómo entran en la tesis porque cuando le pregunto se pone a hablar del «concepto de representación»). Por primera vez desde marzo, en todo caso, las imágenes volvieron con fuerza, dispuestas a vengarse de su exilio. Dejé pasar las más tópicas y terroríficas —el olor, el frío, el golpe en la pantorrilla, la respiración monstruosa— e hice el esfuerzo de revivir lo ocurrido luego del susto propiamente dicho. Al menos dos detalles seguían preocupándome.

Tras verificar que la casa no albergase presencias amenazantes, había puesto la cadena tan recomendada por Nancy y limpiado a la gata con lo primero disponible: agua y jabón Federal. Que yo supiese, mi heterodoxo y hasta casi patriótico método no era el que recomendaban los veterinarios para quitarle las pulgas a un animalito, pero desde aquel baño Azucena no se había rascado más. El reguero de minúsculos puntos marrones, sangre y excremento volvió a correr en mi memoria, formó un grueso remolino en la pileta y me dejó preguntándome por la curiosa conducta de la gata. No solo había cesado de rascarse luego de aquella noche, sino prácticamente también de comer, maullar, perseguir moscas, destrozarme el potus y otras actividades características del felino doméstico. Rogué que durante mi ausencia no le diese problemas a Nancy, que para regocijo de Alberto —aunque el pobre aborrece los bichos, siempre terminaba encargándose de Azucena cuando yo me iba de viaje— se había ofrecido a cuidarla. Creo que ya entonces me rondaba la cabeza el miedo de que le hiciera algo a los hijos de mi vecina, pero el avance de los recuerdos me impidió formularlo. Mientras lavaba y secaba a Azucena, la ampolla de mi mano derecha se había vuelto una entidad con vida propia, un dolor irregular y cruel. Si no hubiera perdido preciosos minutos ocupándome primero de la gata y después de mi piel quemada, quizá hubiese logrado aclarar el punto clave, discernir lo real de aquella confusa experiencia: la manija de la puerta del baño, ¿había tenido tiempo de enfriarse o nunca había estado caliente?

Abrí los ojos para los créditos de *El guardaespaldas,* con la boca exageradamente seca. Leopoldo roncaba bajito. Mamá suele decir que hay un método infalible para cortarle el ronquido a alguien, pero esa fue la única vez que me dio resultado. Apenas le rasqué la almohada, Leopoldo se acomodó en su asiento y cerró los labios. Mientras su respiración iba haciéndose normal, me entretuve con los nombres del *best boy,* el *gaffer* y demás misteriosos cargos tan esenciales a la industria cinematográfica. La sequedad de la boca me pedía una pastilla, de modo que cuando el último pinche de Hollywood le cedió el cartel a las previsiones legales, y estas al puro blanco de la pantalla, comencé la difícil búsqueda del paquete que había comprado en Ezeiza. No estaba ni en mis bolsillos ni en la campera; de las profundidades de mi mochilla no podía estar segura, pero tras hundir el brazo hasta el hombro solo para extraer biromes usadas, tickets de compra y papelitos con números de teléfono —Sara, ¿Roberto Fernández?, Cerrajero (Pepe)—, desistí de la empresa. Pensé en pedirle un caramelo a la azafata, y a punto de hacerlo me compadecí de la pequeña silueta femenina que la luz del botón de llamada hubiese recortado en el panel, sobre mi cabeza. Era tarde, los pasajeros estaban tranquilos y me disgustaba provocar el sonido asquerosamente cortés y suave de la campanilla electrónica.

—¿Sí...?

Aquella voz me hizo dar un respingo. Había una azafata en el pasillo, ligeramente inclinada hacia mí y con la mano apoyada sobre la parte superior del asiento de Leopoldo. Su sonrisa y postura eran perfectas, como de propaganda de una línea aérea, pero era demasiado rolliza —busto enorme, cintura inexistente— y frisaba la cincuentena. Aunque no hubiese podido verla acercarse, ya que venía desde la cola del avión, me extrañó no haber oído sus pasos. Tartamudeé.

—Dicul... ¿Disculpe?

—Sí, ¿qué necesita?

El rostro también era gordo. Se inclinó un poco más, y la luz de lectura de Leopoldo le arrancó un brillo grasiento a su nariz. Sus dientes no estaban cariados, sino lisa y llanamente podridos.

—Mire, disculpe. Pero yo no la llamé.

—Claro que me llamó, compañera.

Confirmando sus palabras, todas las campanillas del avión empezaron a sonar una y otra vez. Al mirar a mi alrededor no descubrí ni rastro de los otros pasajeros: Leopoldo y yo estábamos solos, o yo estaba sola con esa mujer, porque una persona que duerme no es compañía. Mis gritos se quedaron en el intento, degeneraron en una serie de gárgaras penosas. De pronto hizo mucho frío, y cierto olor recordado y nauseabundo se me pegoteó al paladar. La azafata estaba cambiando. Su cuerpo se contraía, se hinchaba, era de gelatina; un ojo que le ocupaba toda la mejilla desapareció de pronto entre los pliegues del cuello, los huesos chirriaban y crujían, una oreja se dobló sobre sí misma hasta fundirse con el hombro. Por unos segundos imaginé que aquello duraría para siempre, que había sido transportada a una suerte de infierno laico y condenada a memorizar cada etapa de la interminable metamorfosis. Entonces los senos de la cosa se vaciaron y reabsorbieron, aspirando jirones de uniforme con un horrible ruido de succión. No me atreví a mirar más abajo, donde la vagina ejecutaba su propio concierto; tampoco tuve tiempo de hacerlo, porque tras un último y rapidísimo cambio el lugar de la azafata fue ocupado por un gigante musculoso. Su rostro estaba cubierto de gusanos, y su pene eyaculaba —rítmica y puntualmente— grandes chorros de una diarrea negruzca sobre el regazo de Leopoldo. Habló con voz de mujer mayor, con la voz que los chistes le atribuyen a una *idishe mame.*

—Ay, yo no sé, Inés... Para mí que este muchacho no te conviene.

El movimiento de sus labios provocó la caída de tres o cuatro gusanos, que rebotaron contra el apoyabrazos. Uno de ellos fue a dar en el charco de diarrea. Era gris y largo, de aspecto tan previsible que hubiese podido pasar por un trozo de utilería. Intenté el padrenuestro, pero mis reflejos solo me alcanzaron para el más elemental de los ruegos.

—Por favor. Por favor.

La mano del gigante se posó sobre la cabeza de Leopoldo, le acarició el pelo.

—¡Por favor, no!

Los dedos se hundieron en el cráneo, y una explosión sorda llenó el aire de hueso, cerebro y sangre. Mientras pedazos de algo caliente y gomoso me corrían por la cara y el cuello, aquella voz de *idishe mame* volvió a la carga.

—¿Ves, eh? ¿Ves? Siempre la misma, vos.

La azafata parecía aterrorizada. Por el modo en que se estaba mordiendo el labio inferior, era obvio que nunca le había tocado un caso semejante. Le sonreí en cuanto Leopoldo dejó de zarandearme, como para que comprendiese que lo mío no era epilepsia ni paro cardiaco.

—Inés, ¿estás bien? Contestame, Inés.

Normalmente, la curiosidad morbosa de los otros pasajeros me hubiese disgustado mucho —algunos se habían puesto de pie, pocos continuaban durmiendo y casi nadie le prestaba atención a los créditos de *El guardaespaldas*—, pero el alivio de volver a un mundo de causas y efectos previsibles obliteraba todo rencor. Al hablar, la garganta me dolió como si hubiese estado gritando durante horas.

—Estoy bien. Tuve una pesadilla.

—Flor de pesadilla, querida.

Cuatro marcas paralelas, rojas, surcaban en diagonal la cara de Leopoldo.

—¡Te lastimé!

—No es nada, amor. No te podíamos despertar, ¿sabés cómo te movías?

—Pero estás sangrando, te lastimé… Señorita…

La azafata —una chica monísima, de las pocas fabricadas especialmente para Cubana de Aviación— dejó de morderse el labio; por detrás de las lentes de contacto celestes, sus ojos perdieron la pizca de humanidad que la angustia de perder una pasajera les había otorgado. La llegada del comisario de a bordo la puso en movimiento, y de pronto se volvió la eficiencia en persona.

—Ya me encargo del señor, quédese tranquila. ¿Usted quiere un té, algo?

—Sí, gracias, un…

Al bajar la vista hacia el piso, buscando la mochilla que supuestamente estaba entre mis piernas, me topé con el bolso de mano. La mochilla había quedado en Buenos Aires, y lo que había comprado en Ezeiza era Siempre Libre y una barra más de desodorante, no pastillas.

—Sí, un té. ¿Pero no tendría un caramelo, algo dulce?

—Cómo no.

Mientras me ocupaba de asegurarle al comisario de a bordo que no tenía intenciones de hacerle pasar otro mal rato, la azafata se fue y volvió. Como insistí en curar yo misma a Leopoldo —el muy santo ni se quejó, aunque el alcohol en la cara debía arderle de lo lindo—, terminé tomando té frío. Los caramelos que me trajo Miss Cuba 93 eran horribles; comí uno y puse el resto donde van las revistas y la cartilla con las instrucciones de seguridad. Leopoldo tardó un cigarrillo y medio en asumir su mejor expresión protectora y preguntarme por lo que había pasado.

—¿Qué soñaste? ¿De nuevo con tu viejo?

La pregunta me conmovió, ya que le había dicho una sola vez, y muy sin darle importancia, que papá se me estaba apareciendo en sueños desagradables. Sin embargo, como lo último que deseaba en ese momento era contarle a alguien mi supuesto segundo roce con la locura —sobre todo por los detalles, la locura reside en los detalles—, le acaricié la mano y suspiré de una manera que no hubiese avergonzado a Marlene Dietrich. Calculo que Leopoldo no cayó en la trampa, sino que lo evidente de mi esfuerzo histriónico lo hizo desistir pronto de su interrogatorio.

—No, nada que ver con mi viejo, pero después te cuento. Fue feo.

—¿Seguro que no querés contarme?

—Seguro. ¿A ver…? Te quedó una manchita.

Leopoldo mantuvo el ceño fruncido durante unos instantes, sus ojos fijos en los míos. Luego bajó la barbilla, moviendo la cabeza de un lado al otro como esos perros de juguete que la gente coloca en la luneta trasera de los coches. La inconcebible afronta indumentaria no estaba dentro del alcance de su visión.

—¿Dónde?

—Dejame.

Tras mojarme las yemas del índice y el pulgar, froté el cuello de la chomba hasta que la sangre, ya bastante seca, quedó reducida a una levísma aureola. Contra el fondo color mostaza, casi ni se notaba.

—Listo.

Leopoldo me besó los dedos; le devolví el cariño y luego busqué en mi bolso el neceser de cuero —una ganga, comprado en la feria de San Telmo especialmente para el viaje— donde llevaba las cosas de limpieza. Cuando Leopoldo vio que me ponía de pie, su voz volvió a sonar preocupada.

—Inés… Estás bien, ¿no?

—Sí, pero mirame.

Abrí los brazos para que contemplase el espectáculo: tenía el pelo hecho un desastre, la blusa húmeda de transpiración y salida del jean. Eso pareció convencerlo de mi necesidad de ir al baño, lo cual fue una suerte. Hubiese sido difícil explicarle que dentro del neceser había un tubo de dentífrico usado, y dentro del tubo un profiláctico con quince papelitos de colores, mi reserva para el viaje. Comparada con las pesadillas, la locura de llevar encima aquella carga y abrirla durante el vuelo me parecía una minucia. Ni muerta volvía a dormirme en el avión.

IV

—Ahora sí. Cortá.

La mujer posó una mano sobre el mazo. A Nelson Floreal, que estaba tratando de averiguar qué clase de corpiño llevaba su cliente —ella creía que la mirada del tarotista era profunda y limpia—, casi se le escapó el error.

—Con esa no, mi vida. La izquierda. La derecha usan los casados.

La mano volvió hacia atrás, y su dueña procedió a ruborizarse. Era una mujer alta, cuyo pelo castaño y formas dignas de teatro de revistas se rebelaban contra las calzas blancas y el ajustadísimo polerón rosa. Carecía de problemas que no hubiesen arreglado la costumbre de vestirse en avenida Quintana y veranear en Punta del Este, pero el barrio de San Cristóbal le provocaba remordimientos de conciencia. Tan pronto como su busto se contrajo en un suspiro breve, la larga práctica de Nelson Floreal captó el sentido preciso de aquellas reacciones.

—Me dijiste que eras soltera.

—Bueno, esteee…

—Mirá que si no me decís la verdad, no sirve.

Un destello de genuina angustia aleteó entre las pestañas de la mujer, que adelantó los labios en un puchero infantil.

Mientras se ponía de pie, Nelson Floreal recogió el mazo con una mano y empleó la otra para quitar de la mesa el paño rojo de las consultas. Sabía que ese toque brusco nunca fallaba.

—Pero, pero ¿qué le pasa? ¿Qué hice?

El tarotista, en apariencia ajeno al reclamo de su cliente, dejó las cartas sobre la silla y se puso a doblar el paño. Le imprimió a sus palabras un tono de orgullo profesional herido, pero sin descuidar la pizca de tedio que revelase cuántas veces, a causa de sus firmes principios, se había enfrentado con la incomprensión del vulgo.

—Acá sin confianza la cosa no camina. Yo no macaneo, si querés que te macaneen andá a ver a una de esas tipas que salen en las revistas, la tele, que bien que se llenan de plata, pero acá no venís.

Las pestañas volvieron a angustiarse. Nelson Floreal hizo memoria, postergando para otro momento las ideas escabrosas que le sugería el lápiz de labios de aquella mujer: ¿quién la había recomendado, la esposa del Tano de la vuelta?

—Perdóneme, lo que pasa que me da vergüenza.

—Entonces sos casada.

—Yyy… Sí.

El tarotista recordó lo que necesitaba. La mujer había recurrido, efectivamente, al nombre de la esposa del almacenero.

—Entonces explicame: ¿nunca te tiraron las cartas?

—No. Es la primera vez…

—Y doña Julita no te dijo cómo era esto, ¿eh?

La negativa, ya innecesaria, fue apenas insinuada por un movimiento de la cabeza. Nelson Floreal casi no reparó en ella, ya que uno de los perros —ambos estaban amodorrados frente a la estufa de cuarzo— levantó las orejas y luego partió con un bufido hacia el cuarto de doña Adela. El otro lo siguió pronto, pero a desgano y como quejándose de tanta urgencia. Desde la aparición del prófugo, tres meses atrás, el tarotista vivía pendiente de dos cosas: la salud de su madre, que empeoraba a diario, y cualquier actitud de los perros que pudiese estar vinculada con la brecha en El Cerco. Como nada ocurrió, no hubo llamados de doña Adela ni señales de angustia canina, Nelson Floreal volvió a concentrarse en la mujer y su perentorio busto.

—Bueno. Empecemos de cero.

Tras extenderle a la cliente el paño rojo, con un imperativo gesto de la muñeca que ella tardó varios segundos en comprender, el tarotista tomó un cigarrillo del paquete de Derby que estaba sobre el aparador y lo introdujo en una larga boquilla. Las pitadas que empleó en encenderlo iluminaron el espejo de los signos del zodiaco, destacando en uno de sus bordes, enganchado entre el marco y el vidrio, el rectángulo de una tarjeta postal. La foto era de Trafalgar Square; en el centro, rodeada de palomas y turistas, se veía la columna del héroe marino —«mi tocayo», pensó el tarotista distraídamente—, al fondo St. Martin-in-the-Fields y el grueso edificio de la National Gallery. Poco le importaban a Nelson Floreal aquellas tópicas imágenes, nada en comparación con la escritura del dorso, pero las miró de reojo, aborreciendo su presencia, mientras la mujer terminaba de colocar el paño sobre la mesa. Cuando ella levantó la vista, expectante, el tarotista sostenía su cigarrillo entre el índice y el pulgar y le brindaba una sonrisa burlona pero cómplice.

—Sentate, mi cielo. Contame. Este chico del taller mecánico…, Raúl, ¿sabe que sos casada? Porque además es menor que vos, ¿no?

—¡Claro que sabe!

La mujer, algo asombrada de su propia y repentina vehemencia, enrojeció otra vez. Nelson Floreal se puso a mezclar las cartas.

—Es menor. Unos pocos años.

—Y con tu marido te llevás mal, pero lo seguís queriendo.

—Sí, pero…

—De la cama ni hablar.

El silencio, espeso y admirativo, le dio al tarotista la pauta de que ya estaba encaminado. Empezó a repetir aquella frase clave, pero la mujer se le adelantó, verdadera promesa de buenas ganancias.

—De la cama, digo…

—De la cama ni hablar.

Nelson Floreal mordisqueó la boquilla, más complacido que si su cliente hubiese demostrado un interés amoroso por él. Luego colocó el mazo sobre la mesa.

—Cortá. Pero pensando en Raúl, y con la derecha.

Doña Adela, que había bajado el volumen del televisor al mínimo apenas supo que su hijo estaba atendiendo, tarareó mentalmente la canción que cerraba su teleteatro favorito. Casi no podía escucharla, pero le encantaba ese estribillo, «Nunca me sentí tan sola», con que el fin de cada episodio de *Celeste, siempre Celeste* parecía desmentir las calamidades que le aguardaban a Andrea del Boca en el próximo, a cuyo término —como era obvio, la inapelable lógica del género— se encontraría aún más triste y sola. Bajo la parpadeante luz del aparato, la única del cuarto, minúsculas motas de polvo blanqueaban el rostro de la octogenaria, que movía sin darse cuenta una mitad de la boca —por la otra babeaba— para formar las palabras de la canción.

Los perros interrumpieron su trance musical. Turco entró primero y se trepó a la cama de un salto, mientras que Colita, desganado, se echó junto a la puerta. Turco era un perro grande, del tamaño de un pastor alemán y completamente negro; su origen callejero se le notaba sobre todo en el manto, corto y duro y parecido al de los especímenes vagabundos de cualquier ciudad. Doña Adela lo miró al principio con cariño, luego con cierta molestia: el perro, en lugar de acostarse, se había sentado sobre la cama y la miraba a su vez, a los ojos, una oreja parada y la otra —que delataba su sangre mestiza— no. En la televisión, como era martes, empezaron a pasar unos monigotes norteamericanos que ella aborrecía. La apagó, siempre sosteniendo la mirada líquida del perro, pero pasaron casi treinta segundos antes de que comprendiese que lo había hecho sin tocar el control remoto.

Estupefacta, se cubrió la boca con la mano buena, como si la hubiesen descubierto en medio de una indiscreción. Sintió algo húmedo y se limpió automáticamente, sin reparar en que era saliva. Le bastó preguntarse si podía revertir el proceso del televisor para que este cobrase vida de nuevo, a todo volumen. Sobre la pantalla, el dibujo animado de un chico —piel amarilla, pelos parados, ojos saltones— aterrorizaba a los caricaturescos transeúntes de un pequeño pueblo con la velocidad de su patineta.

—¡Mamáaa! ¡Estoy trabajando!

Esa segunda vez, asustada por los gritos de su hijo, doña Adela usó el control remoto, pero antes encendió el velador. Colita también se había subido a la cama, y la contemplaba con fijeza idéntica a la del otro perro. Una memoria ocupó por completo a la anciana, le explicó el incremento de sus poderes retrotrayéndola al episodio más triste de su vida. Estaba en la Oro del Rhin de Montevideo, sentada frente al cuarto fernet con soda del Dr. Eustaquio, su maestro y el padre de Nelson Floreal. El doctor había ido al baño, luego de pedirle mil disculpas y quejarse como siempre de la próstata, y ella se había quedado sorbiendo su medio y medio, absorta ante el tráfico de la calle Colonia. El beso húmedo, la lengua que le forzaba la boca y esa mano poderosa que le echaba hacia atrás el mentón la habían aterrado, pero menos que el reconocible aliento, mezcla de alcohol, tabaco negro y pastillas de anís, y el hecho de que no hubiese ningún hombre cerca salvo el cajero, a varios metros de distancia. Recordaba —lo recordaba con la fidelidad de quien ha olvidado voluntariamente algo durante cuatro décadas— lo que le había dicho el Dr. Eustaquio al volver del baño.

—¿Sentiste eso, Adela?

—¿Fue usted?

—Fui yo, que me estoy muriendo. Nuestros poderes aumentan cuando nos estamos por morir, o cuando se muere alguno de los otros. Quería hacer la prueba.

El Dr. Eustaquio había muerto en agosto de 1952, una semana después de aquel vermouth en la Oro del Rhin, a causa de las complicaciones que sobrevinieron a un tercer ataque cardiaco. A doña Adela no le habían permitido cuidarlo, estar a solas con él durante sus últimos momentos; que la familia hubiese vendido la casa, echado a la pecadora sirvienta —la aborrecida concubina— y al hijo de la vergüenza, eso no era nada, no era en absoluto tan cruel e irreparable como lo otro. Volvió a preguntarse si debía revelarle a Nelson Floreal la identidad de su padre, y como siempre optó por no hacerlo, avergonzada de los cincuenta años de contradictorias mentiras sobre un muchacho de Paysandú, más chico que ella, y una promesa rota. Lo mismo que antes con el televisor, pensar a la vez en su hijo y en secretos desencadenó sus nuevos poderes. Supo que Nelson Floreal le ocultaba algo respecto del prófugo, que intentaba protegerla de algo. Cerró los ojos y vio.

La imagen era de una ciudad, pero a juzgar por los coches y la vestimenta de las personas no era reciente. Había muchas palomas, una altísima columna coronada por una estatua, grandes edificios. Al distinguir los ómnibus de dos pisos, doña Adela comprendió que el carácter estático y un poco anticuado de la imagen se debía a que estaba viendo una postal, de aquellas que acostumbraba mandar desde Inglaterra Mrs. Murdoch, la única de los doce que se mantenía en contacto con todos los otros. Una tarjeta en el mes de mayo, un mensaje que no fuese el *Merry Xmas and a Happy New Year!* de diciembre, para las fiestas, o el *Many Happy Returns!* de octubre, para su cumpleaños, era cosa inusitada. Le irritó que Nelson Floreal se hubiese aprovechado de su postración —hacía varias semanas que no se levantaba de la cama— para ocultarle aquel correo, pero el temor por las posibles noticias disipó el enojo casi de inmediato. Hizo desaparecer la imagen de Londres y se concentró en lo que Mrs. Murdoch había escrito al dorso de la tarjeta, temiendo que no estuviese en castellano y le resultase incomprensible. Las letras fueron adquiriendo forma de a una, borrosas al principio y en la típica tinta verde que empleaba la arconte inglesa. Primero distinguió la fecha, 29 de abril, y luego le agradeció al cielo que Mrs. Murdoch hubiese tenido un discreto éxito con el diccionario. La noticia era en verdad alarmante:

Thursday, April 29th 1993

BETTY ES MUERTO SIN NOMBRANDO HEREDERO. GRANDE PELIGRO PARA CERCO Y NOSOTROS TODOS. COMO MÁS VIEJA, TÚ NOMBRA SUCCESOR PARA ÉL TAMBIÉN. DIOS BENDIGA VOSOTROS,

Marjorie

Betty había sido un travesti húngaro radicado en Tenerife, heroinómano y previsiblemente enfermo de SIDA. Su sucesor iba a tener que ser Nelson Floreal, el único preparado, lo que dejaba a la propia doña Adela sin sucesor. La anciana estaba tan lejos de los prejuicios sobre la conducta ajena como Mrs. Murdoch, pero le faltó poco para maldecir al difunto por sus costumbres. Ese reflejo mezquino y estúpido la hizo llorar, la devolvió a sus sábanas grises de mugre —su hijo no visitaba el Laverap con la frecuencia debida—, a las facciones del Dr. Eustaquio, imaginarias de puro pretéritas, y a la mirada de los perros. Turco y Colita seguían allí, interrogándola como si ella los hubiese convocado a los gritos y luego desconocido su propio apuro. Desde el cuarto de adelante le llegaba un olor fétido, espeso e inconfundible de tan humano, que sin embargo tardó en identificar. La cliente de Nelson Floreal tenía el periodo.

Cuando doña Adela se repuso de esa nueva manifestación de sus poderes, cuya fuerza le anunciaba que su muerte se sumaría pronto a la de Betty, se le ocurrió una idea. Ya que el tarotista se escudaba para no actuar en la imposibilidad de saber dónde vivía la causante de la brecha, quizá los perros pudiesen ayudarla a destruir el lógico obstáculo —para Nelson Floreal la perfecta excusa— que era el tamaño de Buenos Aires. Los perros, después de todo, habían olido al prófugo. Y los perros estaban allí, habían adivinado de algún modo que ella iba a requerir su ayuda.

Turco le pareció el más apto. Doña Adela dirigió su mente hacia la del perro, buscando esa memoria olfativa que en los seres humanos es apenas un torpe reconocer, un mero ponerles nombre a los olores que están presentes, nunca un recuerdo como los que desarrollan la vista o el oído. El animal bajó la cabeza; sus piernas delanteras, que habían comenzado a temblar a causa de la dolorosa invasión, resbalaron sobre las sábanas hasta que el ángulo entre ellas fue demasiado grande como para sostener el cuerpo. Turco quedó tendido cuan largo era, exangüe pero con un ojo aún fijo en el rostro de su dueña. Cuando se hizo encima, el otro perro dio un ladrido corto, casi un bufido, y se bajó de la cama. Poco después se fue del cuarto, con la cola entre las piernas y tras echarle un último y temeroso vistazo a su compañero.

El mundo de los olores era temible e infinitamente rico. Doña Adela había localizado el recuerdo del prófugo, pero lo halló inmerso en un océano de matices que iban de lo agradable a lo nauseabundo. Aunque la orina de Turco y el periodo de la cliente estaban en un primer plano, podía oler también el cerumen de sus propios oídos, el plástico del televisor —del que se alzaba el mismo perfume que despedía cuando nuevo—, la colonia guardada en el segundo cajón de la cómoda, la bolsa de naftalina dentro de los bolsillos de un tapado, el polvo del aire —un aroma seco y áspero, que identificó como parte del que creía característico del té y la yerba mate—, la galletita a medio comer sobre la mesa de luz, restos de manteca y dulce de leche, las pilas de la radio, que empezaban a sulfatarse, y la tinta de un ejemplar de *Crónica.* Había muchísimo más, desde luego. Un olor empalagoso y enfermizo resultó provenir de las tres pequeñas cucarachas que se habían congregado en torno a la azucarera, dejada por descuido junto a la cama, y otro rancio pero nada molesto era el de los hongos que crecían en la humedad del techo.

Salir de su cuerpo estragado fue asombrosamente fácil. El Cerco, muelle y tibio y lleno de una luz lechosa, se abrió para recibirla en sus entrañas. Doña Adela estuvo tentada de perpetuarse allí, de flotar a la deriva hasta que los últimos jirones de su conciencia se desvanecieran. Y sin embargo El Cerco estaba inquieto; en cuanto recuperó el olor del prófugo —la mezcla de azufre, excremento y transpiración cuyo rastro había perdido en el momentáneo éxtasis de dejar atrás su hemiplejia—, sintió también que unas ligeras turbulencias, como diminutas ráfagas de estática, recorrían intermitentemente la zona custodiada por los doce arcontes.

Mientras abandonaba la casa, y al pasar por el living, se concedió la maldad de hacer que la postal de Mrs. Murdoch cayese del espejo. El rectángulo de cartulina fue a dar a los pies de su hijo, recriminatorio, pero este no le prestó atención porque se debatía con la lectura de las cartas que había levantado: era una serie de espadas, y la gente solía pensar que cualquier serie de espadas significaba la muerte o algo muy dañino. Ya desde la calle, doña Adela percibió las estrategias que Nelson Floreal borroneaba para no perder a su cliente. No se quedó a escuchar qué forma asumían dichas en voz alta, aunque por lo común disfrutaba de la habilidad de su hijo para timar a los incautos.

¿Y AHORA? SEGURO QUE SE IMAGINA LO DE SIEMPRE, O LE CHIMENTARON… UN CONTRATIEMPO, QUE ES SOLO UN CONTRATIEMPO. Y EL AS DE ESPADAS QUE INDICA QUE LO SUPERA, EL TRIUNFO. EL AS DE ESPADAS EL TRIUNFO, EL DE OROS DE ANTES LA RUEDA DE LA FORTUNA, BUENA COMBINACIÓN.

Doña Adela, o más bien el átomo de pura conciencia al que se había reducido la anciana, flotó durante unos segundos sobre el taller mecánico Los Cuñados —donde en ese mismo momento, aunque ya era tarde, estaba arreglando un Toyota el famoso Raúl de la cliente de Nelson Floreal— y luego voló por Estados Unidos hacia 9 de Julio y el olor del prófugo. El olvidado bienestar conspiraba contra su apuro, y varias veces, asombrada por aquella ciudad a la que ya casi no salía, se detuvo para intentar distinguir, entre la bruma del Cerco, alguno que otro detalle. A la altura de Entre Ríos, por ejemplo, perdió fuerzas preciosas descifrando una propaganda; el afiche, que con la leyenda «NO SIGAS AL REBAÑO» mostraba a un grupo de ovejas antropomórficas bebiendo en un bar junto a un lobo de mirada lúbrica, resultó ser tan solo la campaña de una marca de cerveza.

Cuando llegó a Tacuarí unos fulgores negros —mucho más negros que el gris sucio de la noche otoñal, y de un brillo para nada amortiguado por los algodones del Cerco— le anunciaron que arribaría pronto a su destino. A medida que se acercaba al edificio, cuyas improcedentes dimensiones amenazaban a San Telmo desde las proximidades del Bajo, donde empieza Independencia, aquellos relámpagos de negrura lucían cada vez más abominables, mostraban ciertos destellos verdosos, como de bilis en un vómito. Doña Adela no era una experta en arquitectura, y de hecho sus preferencias se inclinaban hacia los edificios que ella llamaba «modernos», no hacia la preservación del patrimonio histórico —por eso Buenos Aires le parecía tanto más linda que Montevideo—, pero aquel horrible bloque de concreto, el modo en que usurpaba el espacio de las casas bajas, se le antojó de por sí maligno, no necesitar de la presencia de un prófugo para ser una pústula de la ciudad.

El olor y los extraños relámpagos provenían de la cara del edificio que daba al río. Doña Adela, que se había desplazado hasta entonces a la altura de los postes de la luz y las copas de los árboles, abandonó el último vestigio de lentitud corpórea y se proyectó de un tirón, aunque con bastante esfuerzo, hacia el punto en que El Cerco peligraba. No fue una buena idea, porque así terminó agregándole a su escaso conocimiento del mapa urbano, que le impedía decir exactamente dónde estaba, la ignorancia del piso en que vivía la causante de la brecha.

El sitio al que se transportó era un living comedor amplio y bien puesto, para nada esperable del edificio y su aire de clase media baja. Tres pequeños soñadores, cuyas edades iban de los dos a los ocho años, estaban sentados a la mesa, la vista fija en un televisor. (Doña Adela no solía emplear el peyorativo término «soñadores» para los seres humanos normales, pero en ese momento recordó la voz gangosa del doctor Eustaquio: «Los soñadores, Adela, solo pasan el día en este mundo. Por eso está hecho un quilombo, porque lo tratan como a un cuarto de hotel. Nosotros venimos a ser la mucama, que cuando se van los huéspedes limpia la mugre»).

Los niños, las reproducciones de Mondrian y Petorutti, la pantalla sobre la que titilaban algunos personajes de Walt Disney, la lámpara de bronce, los sillones, todo estaba cubierto por la materia putrescente del prófugo. Doña Adela sabía que semejante criatura necesitaba renovarse a cada rato, que iba perdiendo sustancia a medida que la ganaba, pero no había anticipado que sus restos conservasen algo de vida. La presencia de una arconte los agitaba; se unían en tentáculos, en pólipos, en babosas interrogativas e iracundas que exploraban los orificios corporales de los chicos en busca del enemigo. Una suerte de gusano de cincuenta centímetros de largo se introdujo por la nariz del varón más grande, cuyos ojos no se desviaron ni un ápice de los enredos de Tribilín, y al poco tiempo le asomó por la oreja, sacudiendo su fofo y blancuzco cuerpo en un paroxismo de furia.

—Chicooos… ¿Falta mucho?

La mujer que había salido de la cocina, hablando quejosa pero mecánicamente, distaba de ser la causante de la brecha.

Era una soñadora más que típica, cuyo rostro ratonil, al que poco favorecía la tintura del pelo, expresaba desconcierto y contrariedad. Llevaba entre las manos una cajita de plata, y a juzgar por cómo la sacudía le hubiese encantado tener la llave de su diminuta cerradura. Doña Adela se sintió perdida, pero los niños —literalmente mocosos, y eso sin contar sus legañas, rodillas sucias y bocas que lucían las huellas de galletitas sopadas en café con leche— elevaron entonces un coro de protestas que le permitieron comprender mejor la situación.

—¡Ay, ma, falta muy poco, che! ¡Ya termina, mirá!

—Dale, si Inés nos deja, si nos prestó la video porque vuelve tarde del restaurante. Daleee, porfaaa.

—Un 'tito más, un ratitito, yo quiero.

Nancy se mordió el labio, ajena por unos segundos tanto a los gritos de su prole como a su curiosidad por los secretos de la dueña de casa. Un tentáculo rojizo se le había metido debajo de la falda, y doña Adela creyó percibir —¿tan fuerte era el prófugo, que sus restos moribundos podían entrar en contacto con las personas despiertas?— que el levísimo dolor de esa violación le deformaba el rostro. Fue solo un instante, porque enseguida dejó la cajita de plata sobre una mesa ratona y la emprendió contra sus hijos.

—Cinco minutos, porque hay que bajar a casa, que viene papá. Además Carmina tiene sueño, y ese video ya lo miraron chiquicientas veces. No me pongan nerviosa, eh. No empecemos.

La tal Carmina era una bebé. Doña Adela, que no la había visto, siguió la dirección de los tres pares de ojos llenos de odio. Del moisés apenas si sobresalían unas manitos, porque todo el resto estaba cubierto por la materia descartada del prófugo, una masa amarillenta y líquida, que parecía a punto de hervir. La vieja arconte flaqueó, se dejó inundar por la pena que le causaba la obtusa existencia de los soñadores.

Ese fue el momento en que la gata blanca y negra saltó sobre la mesa, hecha una furia y con la pelambre erizada. Los chicos se asustaron, y su madre comenzó a gritar como si ellos tuviesen la culpa de todo. Momentos antes de transportarse de vuelta a su cuerpo, segura de que estaba ante un familiar, un ser vaciado por el prófugo, doña Adela distinguió a través del balcón el cartel de la CGT y las columnas de la Facultad de Ingeniería.

Crece la brecha

La obsesión de los tipos por la *fellatio* siempre me resultó incomprensible. A diferencia de otras mujeres, a mí no me da asco ni me parece humillante —tampoco me molesta tragarme el semen, salvo por su viscosidad—, pero me causa gracia, y también algo de pena, que un señor grande empiece a gemir, mueva las piernas convulsivamente y pierda el control tan pronto. Supongo que incrementa su excitación, como en el caso de la sodomía, el hecho de que sea una práctica a la que podrían entregarse con alguien de su mismo sexo. De cualquier forma, saber que a la vez les encanta y sienten culpa por la escasa reciprocidad del acto —que creen menor de la habitual— involucra para una cierto riesgo de comportarse de un modo manipulativo, o más manipulativo del que ya es común en las relaciones afectivas entre personas. Fui culpable de ello la segunda noche que pasamos en Cuba, y no me perdono haber desperdiciado así mi última chance de hablar en serio con Leopoldo.

Después del horrible vuelo, de la larga espera por nuestro equipaje y del micro desde el aeropuerto hasta el centro, el Habana Libre fue un gran alivio. Leopoldo me llevaba apenas unos años, de modo que el anacrónico y alicaído lujo del hotel lo impresionó tanto como a mí. Para cualquiera que haya nacido en los sesenta, poner un pie en ese *lobby* es como atravesar el túnel del tiempo, significa encontrarse con todo lo que alguna vez creímos moderno y ahora —por el impacto feroz de aquellas experiencias infantiles— está mucho más fechado que las cosas de los treinta o cuarenta. Si no me explicaron mal, el hotel fue una pésima apuesta económica de la mafia norteamericana, que lo inauguró bajo el nombre de Havanna Hilton nada menos que en 1958. Los veintipico de pisos, con sus bares, salas de conferencias, baños turcos, restaurantes, pileta, cabaret y otros sitios de recreo quedaron entonces congelados por la Revolución, cuyos líderes erigieron involuntariamente un monumento a la etapa fundadora de lo que me atrevería a llamar «estilo *International Kitsch*». El cansancio de la cocaína no me impidió descargar sobre Leopoldo el recuerdo de mis tres años de Arquitectura, y mientras nos estábamos registrando le señalé los detalles de ese concierto para plástico y hormigón. El mostrador de mármol de la conserjería hubiera bastado para decorar varias bóvedas de la Recoleta, y bajo la cúpula central —tachonada de semiesferas transparentes cuyo objeto era capturar la luz exterior— todo el peso de una modernidad decrépita aplastaba a quien tuviese la ocurrencia de pararse allí. Entre baldosas con forma de trapecio, plantas en canteros hechos con rocas, una fuente ridícula, inmensas escalinatas sostenidas por finas varillas de hierro pintado, columnas de cemento y biombos de madera que separaban algunas áreas, la línea curva se batía denodadamente con la recta, pero las únicas víctimas de aquella lucha eran la estética y el ojo humano. En mi asombro, creo que hasta usé la palabra «denodadamente», porque Leopoldo —que pese a sus arranques de prosa legal aborrecía en otras personas lo que excediese un registro medio de habla— me sacó de mi ataque de crítica arquitectónica apelando a un tema que suponía molesto para mí.

—¿Sabés una cosa? Te escucho hablar y me pregunto por qué dejaste la carrera y te fuiste a Estados Unidos. Y todo por seguirlo al boludo.

—Dale con los celos retrospectivos… Preguntate mejor si queremos una caja fuerte o no.

—Me parece que sí. ¿Con el otro cómo hacían, digo, cuando llegaban a un hotel?

«El boludo», o alternativamente «el otro», era Ricardo Gannon, Ph. D., M. S., mi exmarido. Nos conocimos, como tantas parejas, por obra y gracia de la Ciudad Universitaria, donde él era un muchacho maravilla, inmerso en los secretos de Brouwer, Heyting, Henkin y Tarski —son los nombres que recuerdo; apenas algunos de los que se le estaban siempre cayendo de la boca— mientras yo era estafada por Pizzini y me aburría con Proyectual, Estructuras I y malas diapositivas de las obras de Saarinen, Niemeyer y Lloyd Wright. Y así como nos conocimos en circunstancias poco originales, nuestra relación siguió después por carriles nada extraños: él ganó una beca, yo dejé todo y ambos partimos hacia Princeton y un seguro divorcio. No le envidio su carrera de matemático y filósofo ni su puesto en el MIT. Tampoco lo extraño, pero Leopoldo no podía saberlo; dado el escaso tiempo que llevábamos juntos, yo había usado a mi exmarido —«quedé muy golpeada por esa relación», «fueron muchos años, ¿qué querés?», y otras frases análogas— para no comprometerme en exceso.

—Ricardo no se tomaba vacaciones. La caja fuerte, vamos. Pedila de una buena vez, que estoy rendida.

La gomina, al resecarse, deja sobre los hombros un polvillo muy semejante a la caspa. Leopoldo se la sacudió, me besó rápidamente los labios y convocó de nuevo a la muchacha que nos había registrado. Actuaba como si el intercambio verbal acerca de mi ex no hubiese tenido lugar. En él eran frecuentes esas agresiones acotadas, mínimas, de guerrillero de los afectos que ataca un objetivo y luego se retira a toda velocidad. Desde un extremo del *lobby,* donde semioculto por plantas y biombos el bar El Patio ostentaba sus imaginativos muebles de mimbre, surgió un rasguido de guitarra. El guitarrista mismo era invisible, pero entre el verdor alcancé a distinguir que para la concurrencia constituía una atracción subsidiaria respecto de la cantante, una mujer menuda y mulata, vestida de negro. No sé qué me horrorizó más, si lo que ella empezó a cantar o esa otra voz femenina que aprobó de inmediato la pieza elegida.

—Porlablandaré-naque-lá-melmár…

—¡Esooo! ¡Bravooo!

Leopoldo, ocupado en el trámite de la caja fuerte, no había oído nada.

—Leo. Mirá, Leo…

No recibir una respuesta me exasperó. Aunque sé que hablo bajito y no modulo bien, siempre me pongo nerviosa cuando no me contestan enseguida.

—Leopoldo… ¡Te estoy hablando, che!

—¿Qué pasa?

—La compañera.

—¿Dónde? Huyamos.

Le habíamos puesto «la compañera» a la mujer que acababa de aprobar tan enfáticamente el comienzo del show. Se trataba de una argentina que se nos había pegoteado en el aeropuerto, y que llamaba «compañero» —para dejar bien sentada su solidaridad con la Revolución barbuda— a cuanto cubano se le ponía a tiro. Aunque por fortuna su equipaje no había tardado tanto en aparecer como el nuestro, de modo que solo estuvimos con ella veinte minutos, en ese lapso había conseguido comunicarnos: que era maestra; que ese era su cuarto viaje a la isla; que era del PC; que Ernesto Sabato le parecía un modelo ético y de conducta; que los cubanos eran gente bella; que traía útiles escolares para donar; que desde que no probaba la carne era otra persona; que iba a hacernos conocer los mejores sitios de La Habana. Su forma de oponerse al embargo yanqui, según podía apreciarse por los dos muchachones que ya la estaban acompañando, consistía en pagar por ciertos favores que jamás hubiese obtenido gratis, pero por los que en Buenos Aires no se hubiese animado a pagar.

—¿Dónde, Inés? No la veo.

—Allá. Fijate la mesa que está al lado de la columna.

Leopoldo se inclinó hacia la izquierda, luego hacia la derecha. A causa de los centímetros que me llevaba, solo cuando dobló las rodillas y puso sus ojos a la altura de mi línea de visión alcanzó a distinguir la alarmante presencia.

—Pero la puta madre, ¿no dijo que iba a estar en otro hotel, el Capri, algo así?

—También amenazó con venir a buscarnos, y acordate de que conoce «la noche de La Habana».

Subrayé las comillas de la frase con ambas manos, moviendo los dedos índice y medio de cada una. Era un gesto mío que a Leopoldo le causaba gracia, y sirvió para que dejásemos atrás las tensiones y desacuerdos que habíamos ido juntado durante el viaje. (No le habría hecho tanta gracia, sin embargo, saber que era un gesto que se me pegó de Ricardo, que a su vez lo debe haber adquirido en los círculos académicos de Norteamérica, escuchando la lectura de aburridísimos *papers*).

—Subamos ya. Pará que aviso que el trámite de la caja fuerte lo termino mañana.

—Avisales también que no nos pasen ninguna llamada, que nos vamos a dormir. No sea que a la compañera se le ocurra invitarnos a compartir su mesa.

Mientras estábamos entrando en el ascensor, seguidos por el circunspecto botones, la voz de la cantante aulló el estribillo.

—TEVASAL-FON-SIII...

Las puertas de metal clausuraron el resto, pero Leopoldo tomó la posta con ademanes operáticos.

—Na-con-tú-sole-dáddd...

—Payaso. Radicheta tenías que ser.

Leopoldo frunció el ceño, inmune a las miradas estupefactas del botones y la ascensorista.

No había entendido.

—La letra es del historiador ese, Félix Luna. ¿O acaso no es un correligionario tuyo? Qué berreta, Dios mío. Qué cache.

—Quepoémasnué-vos-fuiste-a-bus-cár...

La intervención de la ascensorista fue providencial, ya que cuando el Dr. Vidal Casares abandonaba su acartonamiento era capaz de cualquier cosa; no se iba a arredrar ante una melodía estúpida y unos cuantos falsetes.

—Argentinos, ¿no?

—Ahá. La Plata yo, Buenos Aires la señorita.

—Buenos Aires pero no la ciudad. Pirovano, *provincia* de Buenos Aires. Soy una chica del campo.

Llegamos al piso 23, y luego a nuestro cuarto, tras una larga serie de explicaciones geográficas, que por algún motivo aumentaron considerablemente la propina del botones. Desde el balcón, que daba al norte, La Habana lucía —salvo por los hoteles y un edificio que después supe era el hospital

Hermanos Ameijeiras— tan oscura como el Atlántico. No podría decir cuántos daiquiris tomamos, pero los del servicio de habitaciones terminaron bastante molestos. Recuerdo haber sentido sorpresa por la cantidad de alcohol que ingirió Leopoldo, y que eso me hizo pensar en el bourbon que había estado buscando sin éxito en el aeropuerto de Santiago.

Lo primero que hicimos a la mañana siguiente fue ir hasta Casa de las Américas, donde Leopoldo tenía que entregar un paquete de libros que unos amigos de él, sospecho que anodinas figuras del radicalismo bonaerense, le enviaban a cierto Fernández algo. Al Dr. Vidal Casares no le divirtió mucho que yo subrayase la analogía entre las donaciones de la compañera y su propio paquetito, pero aún estábamos muy conmovidos por las calles de La Habana como para discutir de política. Eso vino después.

La zona de Vedado, por donde nos perdimos varias veces hasta que los buenos oficios de unos estudiantes nos condujeron al sitio que buscábamos, despierta ahora en mí imágenes que supuestamente deberían estar en las antípodas de lo cubano. El hecho es que, confundidas con las de Habana Centro, en mi memoria remiten a partes de Detroit o a la tierra de nadie que hay entre Harlem y la Universidad de Columbia. Son imágenes de personas sentadas en los portales, basura sin recoger, chicos jugando al béisbol, casas que se vienen abajo. Nadie parece tener un empleo; todos los rostros son negros, apáticos o llenos de furia según el caso. Me temo que cuando Castro sea depuesto o muera no habrá grandes cambios: esa gente seguirá allí, pero tomando Budweiser, Thunderbird y Gatorade, que es como decir cerveza Hatuey, ron casero y Tropicola con una gradación más alta de violencia. Después de 1989 no hay esperanza. Si finalmente retornan de Miami, los gusanos se asociarán con exjerarcas del partido para importar televisores o vender crack.

Tras entregar el paquete, caminamos a lo largo del famoso Malecón, junto al que corre una avenida costanera que a ciertas horas del día parece un espejismo, ya que por obra del calor, la humedad y una luz asesina, todo en ella vibra y se deforma de un modo intolerable. Así llegamos a la Habana Vieja, lamentando no habernos puesto pantalla solar, soportando pedidos de chicle y ofrecimientos de interesada ayuda, comprando cigarros Cohiba del mercado negro. Nos habíamos fijado una agenda liviana. Queríamos ver el Granma, el Museo Nacional de Bellas Artes y el hotel Inglaterra; yo, por mi parte, sentía interés por el Antiguo Capitolio y los comercios de la calle Obispo, y Leopoldo por el Floridita y la Bodeguita del Medio.

No esperábamos emocionarnos con el Granma; tampoco que el yate que había traído a Cuba a los líderes de la Revolución estuviese encerrado en un mausoleo de vidrio, como mosca prehistórica en una gota de ámbar. Dimos una vuelta alrededor del monumento, incómodos por la mirada vigilante de los guardias, y cruzamos la calle —me parece que su nombre era Trocadero, todavía debo tener el plano en que marqué los sitios de interés— hacia el Museo de Bellas Artes, que estaba enfrente. Junto a la puerta del edificio, del lado de adentro, había un escritorio minúsculo al que se sentaba una mujer igualmente ínfima. Parecía absorta en unas tarjetas celestes, a las que separaba en tres pilas. A juzgar por cómo bufaba cada vez que ponía otra en la pila del medio, calculo que allí irían las culpables de alguna rara ofensa clasificatoria. Apenas cruzamos el umbral levantó la vista: detrás de los anteojos gruesos —una de las patillas estaba rota, unida al resto del marco por medio un nudo hecho con bandas elásticas—

hubo cierto brillo de furia, que rápidamente se transformó en alarma.

—No se… El museo está cerrado.

Percibí que la mujer evitaba mirarme. Como yo tenía puesta una remera corta, que dejaba ver el ombligo, shorts de jean y sandalias —y para colmo no llevaba corpiño—, imaginé, de puro tonta, que su alarma se debía a que mi ropa violaba algún implícito código indumentario, del tipo «no se debe mostrar las piernas en el Sagrado Templo del Arte». Dejé entonces que Leopoldo se entendiese con ella, y me puse a examinar el único cuadro visible desde la entrada, una inmensa respuesta cubana al Pop norteamericano, en que un Che de vivísimos colores reemplazaba a Marilyn.

—Perdóneme, pero según el cartelito estamos en horario…

Salvo por el diminutivo, Leopoldo sonaba más perplejo que furioso. Me alegré de que no estuviese por hacer un escándalo.

—Sí, cierto. Lo que ocurre es que no hay fluido.

—¿Que no hay qué? Ah, la luz… Un corte.

La mujer asintió vigorosamente.

—La luz. Por eso cerramos. Ocurre casi todos los días, culpa de la crisis.

Ya fuera del museo, después de haber recibido instrucciones acerca de cómo llegar al hotel Inglaterra y el Capitolio, que no estaban lejos, Leopoldo se volvió súbitamente para echarle un último vistazo a la mujer. Como íbamos de la mano, su movimiento casi me arrancó el brazo.

—¡Che, bruto…! ¿Qué pasa?

—Qué raro. Y ahora se persigna.

—¿Quién? ¿La tipa del museo?

—Sí. Y durante todo el tiempo que estuvimos con ella no paró de hacer cuernitos con la mano izquierda.

Comparado con los extraños eventos del avión y de mi primera noche en la casa nueva, aquello me pareció —aunque también inexplicable— ridículo y hasta gracioso. No me di cuenta entonces de lo poco natural que resultaba suponer, como supusimos ambos, que esos gestos habían sido hechos por mi causa.

—Qué sé yo. En Cuba deben creer que las minas de ojos verdes traen mala suerte.

—A mí lo que me va a traer mala suerte es que andes vestida así.

Leopoldo comprendió al instante que su ataque de machismo no iba a favorecerlo; ni siquiera tuve tiempo de enojarme, porque se corrigió antes de que yo pudiese levantar una ceja.

—Pero bueno... Que envidien, ¿no?

—Tonto.

Mientras lo besaba en reconocimiento a la rapidez de sus reflejos, vi por sobre su hombro que la mujer del museo seguía mirándonos fijo. La saludé con una mano, con desparpajo, y casi pude oír cómo bajaba la cabeza de nuevo hacia sus malditas tarjetas celestes. Me imaginé un ruido seco, el crujido de una nuca contracturada por las tareas de oficina. Luego la mujer desapareció como si se hubiese ocultado bajo el escritorio.

No pudimos ni acercarnos al hotel Inglaterra, y mucho menos al antiguo Capitolio. Por la plaza que está frente al hotel, y todo alrededor del monumento a Martí, circulan bandas de chicos que se abalanzan sobre cualquiera que tenga aspecto de turista: un dólar, una birome, una cajita de fósforos bastan para complacer a cada uno por separado, pero nadie lleva encima suficientes emblemas del ilusorio y extranjero paraíso como para atravesar sin mala conciencia aquel muro de necesidades insatisfechas. Tras depedirnos de nuestros planes originales, entonces, vagamos largo rato por las calles menos transitadas de la ciudad vieja hasta dar con Obispo. Buscábamos librerías, y supusimos correctamente que allí, entre tantos negocios, habría alguna que otra. El problema fue que la oferta de libros, descontando los manuales de Termodinámica en ruso, era paupérrima, y que el sitio más grande y prometedor —se llamaba, si no me engaño, La Moderna Poesía— también estaba cerrado por falta de electricidad. Tuve que conformarme con unos ensayos de Gombrich del Fondo de Cultura Económica, no distribuidos en Argentina, que encontré en un local para turistas.

A Leopoldo no le gustó el aspecto del Floridita, de modo que volvimos a dar vueltas y más vueltas. Al cabo de dos horas, y junto al altozano de la catedral, una ya muy postergada consulta del mapa nos reveló que estábamos a cuadra y pico de la Bodeguita del Medio.

Ese es mi mejor recuerdo de Cuba, la Bodeguita del Medio, por no decir el único del todo bueno. Durante el tiempo que pasamos en ella, que no fue poco, solo nos importunaron las esporádicas carcajadas de una pareja de alemanes. El bar en sí —no el restaurante, al que no entramos— es diminuto; se parece a algunas viejas pizzerías de Buenos Aires, las de comer una porción de parado tomando un vaso de blanco común, como la de Matheu y Moreno o la de Defensa e Independencia. De hecho, antes de reparar en las fotos y demás testimonios de los famosos que frecuentaron el establecimiento, hubiese jurado que eran de jugadores de fútbol y cantantes de tango, no cosas como un falso autógrafo de Hemingway —*My Daiquiri in El Floridita, My Mojito in La Bodeguita*— o aquel retrato technicolor de Ted Turner y su esposa Jane Fonda sentados a la barra.

Pedimos el trago típico del lugar, o el más recomendable allí según el escritor norteamericano, y al rato estábamos pidiendo otro. Leopoldo entabló rápidamente conversación con el barman, que se deshizo en patrióticos elogios por los H. Upmann sin filtro con que mi novio —maldita palabra— había reemplazado los Marlboro que fumaba en Argentina. Antes de integrarme a la charla, y de comenzar a beber en serio, me entretuve con las raras tratativas entre la cajera y un tipo de portafolios y traje gris raído. Tardé bastante en darme cuenta de qué hablaban.

—También tengo para tus hijos.

—¿Es buena?

—¿Y alguna vez te traje algo malo?

El tipo llevaba un irrisorio sombrero de paja, y su malsana palidez me hacía suponer lo peor. Miré a la cajera con odio, pensando en los papelitos de mi tubo de pasta dentífrica y casi dispuesta a cantarle las cuarenta a una mujer capaz de comprarles droga a sus nenes. Me detuvo el hecho de que el supuesto *dealer* metiese la mano en el portafolios, seguro de sí.

—*La espada en la piedra,* de Walt Disney. No hay otra copia en Cuba. Te alquilo las dos por el mismo precio, esta y *Cuando Harry conoció a Sally,* que tú querías. ¿Hay trato?

De la risa contenida, el mojito se me metió en la nariz. Me atraganté. Leopoldo y el barman interrumpieron su conversación, medianamente alarmados primero, luego perplejos ante el incontenible volumen de mis carcajadas. La pareja de alemanes calló, molesta por la competencia.

—Un *deal*... un *deal*...

Confieso que cometí la grosería de señalar con el dedo al hombre del traje gris.

—¡Un *dealer* de películas! ¡Dios mío, de películas!

Las explicaciones del caso —que, como todo en la isla, conducían al tema del bloqueo— terminaron de cimentar la amistad entre el barman, que se llamaba Eddy, y Leopoldo, y me permitieron a mí hacer mella en el floreciente compañerismo masculino del alcohol y el tabaco. Abandonamos el bar pasadas las siete de la tarde, y para entonces no solo se me había ocurrido que era imprescindible para Picante ofrecer cocktails a quienes esperaban mesa, sino que tenía en mi poder la receta del mojito. La conservo aún, garabateada en una Nota de Consumo del Instituto Nacional de Turismo de Cuba:

1 cucharadita azúcar
¼ onza jugo limón
2 onzas agua mineral con gas
2 ramos hierva buena (macerar 2 mtos)
1 ½ Ron H. Club (3 años)

Mi mojito
Eddy/

La discusión comenzó realmente en el taxi que tomamos para volver al Habana Libre. Leopoldo y el conductor se pusieron a deplorar el complot imperialista que había hecho fracasar la gesta de Malvinas, y yo dije que ningún acto de la dictadura era legítimo, mucho menos uno ejercido sobre personas en absoluto culpables de argentinidad. Me respondieron de mal modo, apelando a todo el refranero progre, esa guía telefónica de lugares comunes derechistas que caracteriza a la izquierda latinoamericana. Tendría que haberle dicho entonces a Leopoldo que sonaba igualito que la compañera, no masticarme la furia para después.

Estoy acostumbrada a las lagunas, a no recordar, luego de mi cocaína y mi cognac, qué ocurrió precisamente entre las ocho de la noche y las tres de la mañana. Las cinco o seis horas posteriores a que volviésemos al hotel, sin embargo, no constituyen una laguna, sino que son una memoria del todo visual. Me veo —nos veo— en la pileta, luego duchándonos, luego en el bar El Patio y en otro del último piso, por fin comiendo en uno de los restaurantes. No sé de qué hablábamos, ni qué pensaba yo cada vez que iba al baño a jalar. Leopoldo tomó mucho, muchísimo, y yo no me quedé muy atrás que digamos.

El verdadero recuerdo, no esa especie de cine mudo y al mismo tiempo hiperrealista, recomienza en nuestro cuarto, sospecho que bastante después de la cena. Leopoldo había tenido otro breve ataque de celos, más justificables aunque no más justos que los que sentía respecto de Ricardo. Soy la primera en reconocer que mi vieja amistad con Alberto se presta a lo que mamá —que algo sabe de maledicencia— suele llamar «interpretaciones tendenciosas», pero ocurre que esa vez me cayeron mal, y me metí en el baño de un portazo, dispuesta a buscar en la cocaína una frase hiriente y sarcástica, que demoliese las estúpidas sospechas de Leopoldo.

Me pescó arrodillada junto al inodoro, con tres líneas de enfático tamaño ya listas sobre la tabla. En mi furia, había olvidado la precaución de correr el pestillo, omitido el hecho de que la furia ajena también pasa por alto ciertos escrúpulos. Entonces sobrevino el caos. Leopoldo la emprendió con un discurso moralista infame, porque por un lado me acusaba de ser cómplice del narcotráfico y por el otro de engañarlo, de no haber confiado en él lo suficiente como para referirle mi pequeño problema. Yo estallé, y el resentimiento de mi humillación en el taxi derribó todo a su paso. Empezamos a discutir de política a los gritos, lo que nunca. Aún ahora me avergüenzo, tanto de lo que dije yo como de las estupideces que le escuché a Leopoldo. En medio de las acciones más simples y banales —hacer la caja del restaurante, verificar una tarjeta de crédito, cosas así— me vuelven oleadas de aquellos gritos, en especial de la última parte, la que tendría que haber aprovechado para ponerme a hablar en serio y con calma.

—Seguro, claro. Me vas a convencer y todo. Bárbaro lo tuyo, che, te metés merca y después resulta que yo soy el que no tiene ética. Fenómeno, eh, muy convincente.

Una regla de oro de las discusiones como esa es que siempre tienen lugar en paños menores. Yo estaba en bombacha y Leopoldo en slip, pero él producía un efecto más patético: no soltaba el vaso de ron ni por casualidad, y se había dejado los mocasines porque odiaba andar descalzo. La ceniza de su H. Upmann, que sostenía con la misma mano que el ron, era ya tan larga como medio cigarrillo.

—No uses la palabra «merca»; yo no la uso, y detesto que la usen. La droga se llama cocaína. *Es* droga, y *se llama* cocaína. Te destruye las neuronas, ¿viste? Te las hace puré.

—Merca, cocaína, me cago en la diferencia. ¿Cómo me podés salir con semejantes reivindicaciones de minita de clase media, cómo podés poner tus mambos personales al mismo nivel que toda la otra mierda que pasa en el mundo? La verdad que te desconozco, creía que eras una mina inteligente.

La injusticia de Leopoldo me hizo saltar las lágrimas. Eso no contribuyó a mi coherencia, y fue el preámbulo de mi derrota o resignación.

—No entendés nada. Si me preguntaban hace diez años, hubiera dicho que el mundo de ahora iba a estar mejor, sin religiones ni boludeces, pero después de lo del Muro todo empeoró.

—Eso parece *Imagine,* querida.

Me rendí. Medio llorando, medio riéndome por lo cruelmente acertado de la referencia, comencé a cantar el tema de Lennon. Leopoldo se sumó de inmediato, pero desde luego que sin llorar.

—I-má-yin-ál de pí-pl…

—Lí-ving-fó tó-déi…

Creo que le prometí no tomar más, o tomar menos. Su pene tardó un buen rato en endurecerse, pero el caso es que a la mañana siguiente Leopoldo ya no estaba. Lo volví a ver recién a los cuatro días, en el hospital donde murió.

A las nueve de la noche del lunes 7 de junio de 1993, Alberto Leboud se sentía de maravilla. Tras un domingo lleno de satisfacciones, la primera jornada laboral de la semana había marchado igualmente bien, con mucha gente en el restaurante para el almuerzo y quince nuevos socios en el videoclub. Le encantaba el entusiasmo de los socios nuevos; uno de ellos, por ejemplo, se había ido con cuatro películas —cuatro películas un lunes—, de modo que era firme candidato a pagar el recargo por no devolverlas a tiempo. Alberto apagó la computadora, se premió con un cigarrito Café Crème e hizo su ronda habitual por entre los exhibidores, controlando que las cajas de los videos estuviesen en orden. Para cuando volvió al mostrador, Marisa, la empleada, ya había terminado de bajar la cortina metálica y se estaba poniendo el sobretodo.

—¿Te acordaste?

Durante unos segundos, Marisa ni siquiera entendió castellano. En momentos así su jefe, que la trataba muy bien, y normalmente le parecía —además de atractivo— un encanto de persona, se transformaba en el ogro de sus pesadillas: esa costumbre de lanzarle preguntas tan imperiosas como imprecisas, unida a su estatura y volumen, al pelo rubio cortísimo y a los ojos raros —uno marrón verdoso, el otro celeste turbio—, no podía sino causarle desasosiego. Llevaba cuatro años con Alberto, y a los treinta y cinco de edad, ese era el primer trabajo del que no la habían echado por ineficiente. Como solía ocurrir, sin embargo, salió del paso apenas su jefe invirtió una sonrisa en conseguir la respuesta.

—¡Ah…! ¿Usted dice la película para su casa?

—*Poltergeist III,* te acordás que te dije que la quería ver de nuevo, que no la alquilaras porque hay una sola copia. Me la habrás reservado, ¿no?

—Está en la oficinita, sobre el escritorio. ¿Me necesita para alguna otra cosa?

Marisa no estaba habituada a la introspección; de lo contrario, hubiera sabido que tratar a Alberto de «usted» —mientras él la voseaba— la deprimía por dos motivos: la diferencia de edad entre ellos era mínima, y en todo caso jugaba a su favor, pero además le hubiese gustado ser la confidente de su jefe. Moría por conocer la naturaleza exacta de las relaciones entre este e Inés.

—Hasta mañana, Marisa… Y gracias.

—Hasta mañana.

Cuando Alberto cruzó la calle Chile —momentos más tarde, luego de haber transferido el dinero grande de la caja a su bolsillo y cerrado el videoclub— pudo ver a Marisa a través de la ventanilla de un 29 que aceleraba por Defensa. Iba sentada muy derecha, casi tiesa, y entre el contorno de su permanente y las solapas del sobretodo, que mantenía unidas con una mano a la altura del mentón, su rostro quedaba reducido a un mero bosquejo de persona, el capricho de un caricaturista. Alberto no era ciego a los temores y deseos de su empleada, pero los dejaba pasar como a ese fotograma del colectivo, y no hizo el intento de volver a saludarla. Se detuvo, en cambio, frente a la vidriera de una casa de antigüedades, donde había visto un posible regalo para Inés. Era un cortaplumas pequeño y viejo, de nácar con dos hojas, y la segunda inspección lo convenció de comprarlo en cuanto el negocio abriese por la mañana, para no correr el riesgo de que algún turista se lo arrebatase. Aborrecía el aparatoso Victorinox que usaba su socia.

Al doblar por San Lorenzo casi se estrelló contra Max, el maître de Picante. Tenía todo el aspecto de ir apuradísimo y verlo de esmoquin fuera del restaurante solo contribuía a subrayar la idea de que estaba afrontando una emergencia. Para Max, que era por eso mismo un buen maître, el menor contratiempo constituía una emergencia, lo que resultaba provechoso para la clientela pero a veces harto molesto para sus empleadores.

—¿Qué pasa? ¿A dónde vas tan a las corridas?

Max, un gay cuarentón cuyos modales y bronceado de lámpara lo convertían en blanco de bromas de la cocina, se arregló maquinal y coquetamente el pelo antes de responder.

—La mesa 4. Me pidieron RFN 82.

—No tenemos.

—Ya sé, pero se me ocurrió que la francesa puede que sí, y nos presta.

Alberto decidió que sería mejor reservar a la dueña de Nicole de Marseille, el restaurante de Defensa con el que competían, para imprevistos un poco más serios. Aunque la buena disposición de la francesa era indudable, no le gustaba abusar de la tibia amistad que Inés había iniciado con ella.

—Ya le debemos una botella de gin de cuando vinieron los tipos del coso este..., el British Council. ¿Son clientes habituales?

—No, y tampoco habían hecho la reserva. Entraron directo de la calle. Igual mirá que el Tanqueray se lo devolví, eh.

—Mejor no abusar, dejame hablarles. ¿Ya les ofreciste...? ¿Qué nos queda, un 84?

—Ehhh... Sí. No les ofrecí nada, quedé en ver si les encontraba una botella del 82.

—Vamos, yo les hablo.

Max volvió a arreglarse el pelo. Bajo la luz amarillenta del alumbrado público de San Telmo, su bronceado asumía tintes verdosos, mientras que la grisácea palidez de Alberto se camuflaba de saludable.

—Claro. El toquecito personal, eso impresiona mucho.

El gesto del maître, un círculo hecho con los dedos índice y pulgar de la mano izquierda, acompañado por un movimiento de la cabeza —apretando los labios— de confiada afirmación, era a la vez paródico y deliciosamente cándido. Alberto invirtió su segunda sonrisa de la noche.

—Vamos, Max. Dale, vamos.

Aproximadamente una hora antes de que Alberto cerrase el videoclub, Nelson Floreal se detuvo en la esquina de Estados Unidos y Bolívar. Había rehecho a pie el camino recorrido por su madre usando El Cerco, y desde donde estaba, a la sombra del edificio descripto por doña Adela, lamentó que ella hubiese tardado tanto en recuperar la lucidez necesaria como para contarle acerca de su viaje extracorpóreo. (De un modo inconfesable, lo que en realidad lamentaba era que el delirio y la fiebre de su madre hubiesen acabado en las revelaciones del fin de semana y sus nuevos deberes como arconte sucesor de Betty, no en un diagnóstico de senilidad).

El edificio era tan siniestro como doña Adela había dicho, y Nelson Floreal, que conocía muy bien Buenos Aires, estimó que desde los pisos altos que daban al río debía ser posible ver la CGT y la Facultad de Ingeniería. Iba a doblar por

Bolívar hacia Independencia y la entrada de aquella mole, pero sucumbió a la tentación del viejo mercado de San Telmo, donde a veces compraba hierbas. La excusa era pobre, ya que la mayor parte de los polvos y resinas que usaba para sus preparados y amuletos —como la sangre de drago o el benjuí— se encargaban en droguerías, pero el tarotista, con tal de postergar el peligro, se convenció de que le hacía falta un poco de romero para sahumerios.

La señora que vendía hierbas y especias, según el verdulero del puesto más cercano, estaba con un ataque de ciática y no había vuelto a abrir desde el jueves. Deprimido por la rapidez con que su excusa se había hecho humo, y extrañando la charla benévola —y sobre todo automática y larga— de la mujer de los condimentos, Nelson Floreal vagó un buen rato por entre los negocios. El hecho de que dos de ellos fueran santerías lo deprimió aún más; que la gente se pudiese comprar su propio jabón de descarga o pulserita contra la envidia les quitaba prestigio y dinero a los especialistas como él. Ya se encaminaba, cabizbajo, hacia la salida de Defensa cuando la realidad económica le asestó el golpe de gracia. Era un tercer local, pintado de rojo y que aspiraba a toda la fama del Brasil y la macumba. Nelson Floreal leyó con asco el torpe diseño del anuncio, en cuya manufactura el letrista aficionado no había invertido casi ningún esfuerzo.

L. 24 SANTERIA REYNA CAVEIRA RUA

Unos minutos más tarde, de los cuales malgastó por lo menos cinco inventariando las baratijas plásticas y menjunjes industriales del negocio escarlata —hasta que la dueña empezó a sentirse molesta, a carraspear y mirarlo de reojo aprensivamente—, Nelson Floreal estaba ante las fauces del monstruo, que era un edificio del Hogar Obrero en el 476 de Independencia. Cierto supermercado Panda, que no contribuía a embellecer la planta baja, casi lo hizo desistir de su propósito. Fuera de las consultas, el uruguayo era un hombre tímido, y le daba miedo que sus averiguaciones lo pusieran en ridículo frente al gran número de personas que entraba y salía del supermercado. Solo el respeto por el mandato de su madre —y algo de temor por el carácter de la anciana— impidió que retornase a su casa sin noticias.

El típico azul grisáceo de la ropa de trabajo sindicaba a un sujeto morocho y muy corpulento, de unos cuarenta años de edad, como probable portero. Después de registrar su enorme manojo de llaves, vientre de sedentario y cómoda postura —los brazos cruzados, el hombro derecho apoyado sobre una columna cercana a la entrada—, Nelson Floreal concluyó que aquel debía en efecto ser su hombre, pero antes de abordarlo aguardó a que terminase de intercambiar saludos y chismes con una pareja que estaba saliendo del edificio.

—Buenas, eeeh... ¿Usted es el portero?

—¿Sí?

—Mire, esto es como largo de explicar. ¿Aquí vive una chica joven que tiene un gato, una gata en realidad, blanca y negra?

El portero lo miró con sorna, y Nelson Floreal maldijo su ocurrencia de ponerse el medallón de bronce por encima de la polera. Detalles como ese cautivaban a sus clientes, pero en el ancho y ajeno mundo tendían a perjudicarlo.

—Acá hay ciento ochenta y cuatro departamentos, señor. Son ocho por piso.

—Disculpe, ya sé... Quiero decir, estoy seguro que acá vive una chica así. Lo que pasa que la gata puede que esté con hidrofobia.

La expresión del portero pasó de la sorna al asombro en un instante, lo que a Nelson Floreal le dio la pauta de que la historia inventada por su madre empezaba a surtir efecto.

—Hidrofobia. Rabia.

—Sí, sí, está claro. Pero ¿cómo se llama la dueña del gato?

Aquel «está claro» había sonado a militar. Antes de que el tarotista pudiese tragarse su lógico rechazo para proseguir con el plan de doña Adela, le sobrevino una imagen desagradable, la de ese mismo hombre varios kilos y otros tantos años atrás, vestido de fajina y bailando a unos conscriptos. Llevaba jinetas de cabo.

—Inés, la macana que no conozco el apellido. Le propongo algo, ¿quiere? Empecemos de nuevo. Mucho gusto: Nelson Floreal Ortega.

El portero vaciló; luego extendió una diestra curiosamente fofa, húmeda y pequeña para alguien de su contextura.

—Oscar Armendáriz. ¿Cómo es esto de la rabia, entonces?

El tarotista comenzó a recitar su lección, a la que aquí y allá —aprovechando las interrupciones de Oscar— le fue intercalando detalles no previstos por doña Adela.

—Nada, que mi perro se agarró rabia. Hoy lo sacrificamos, pobrecito. Hace tiempo lo había llevado al veterinario por otra cosa, a MAPA, ese lugar de los animales donde atienden muy barato, pero se nota que ya estaba enfermo.

—¿Y qué tiene que ver…?

—Va, va, un segundo. Resulta que aquella vez, cuando estaba esperando, mordió a una gatita blanca y negra. La traía una chica joven. Turco… Turco se llamaba mi perro, ¿vio? No le hizo mucho daño, pero lógicamente con lo que pasó después es un riesgo. El veterinario anda preocupadísimo, y yo le prometí venirme a avisar porque la chica no contesta el teléfono. Me siento…, qué sé yo…, responsable.

Oscar, el excabo Armendáriz, había sacado un paquete de pastillas. Antes de seguir hablando se puso una en la boca. A lo largo del resto de la conversación, el tarotista estuvo a medias pendiente de aquel círculo blanco, cuya agonía las consonantes y vocales del portero le iban mostrando en elusivos pero desagradables vistazos. La muerte lenta de la pastilla llegó a molestarlo sobremanera.

—Y en ese negocio…, ¿MARA, dice?, ¿no le dieron el departamento de la dueña del bicho?

—No es un negocio; es MAPA, el Movimiento Argentino de Protección al Animal. En la ficha solamente habían anotado la dirección, sin el piso, el nombre «Inés» y un teléfono. Por eso mismo…

—¿Qué teléfono?

—Ay, mire… No me acuerdo. El que llamó fue el veterinario, yo después me vine enseguida, ni se me ocurrió preguntar. Qué idiota.

—A ver, déjeme pensar un ratito. Quién podrá ser… Es muy urgente, ¿no?

—¿Y qué le parece? Por si no lo sabe, la rabia es peligrosísima.

Nelson Floreal lamentó haber respondido de ese modo. Durante unos segundos, las facciones de Oscar se endurecieron en un gesto de indudable hostilidad, pero luego pareció pensarlo mejor: por dudoso que fuera el aspecto del tarotista —su pelo largo, sospechosamente negro, medallón de bronce y sandalias—, los riesgos de la hidrofobia no eran cosa de broma.

—¿Inés me dijo?

—Inés. Independencia 476, tiene que ser acá.

—Espéreme.

Oscar entró al edificio y fue hasta la pequeña caseta de seguridad, de donde tras revolver en los cajones de un escritorio emergió casi en seguida, blandiendo triunfalmente unas cartas. Al percibir que el tarotista se había quedado afuera, volvió sobre sus pasos y le franqueó la entrada empleando el botón de la caseta. Nelson Floreal obedeció al zumbido del portero eléctrico, algo molesto porque el de carne y hueso no se hubiese acercado a abrirle.

—Ya está. Inés Gaos, la del 16 C. Se mudó hace unos meses, y ahora que me acuerdo tiene una gata. Pero hay un inconveniente.

—¿Se mudó del edificio?

Apenas terminó de pronunciar sus palabras, Nelson Floreal se dio cuenta de que lo presenciado por doña Adela desde El Cerco las volvía innecesarias: en mayo, no «hace unos meses», Inés Gaos estaba en Buenos Aires, y viviendo en el 16 C. Irónicamente, sin embargo, su tonta duda aumentaba la verosimilitud de lo que le había contado a Oscar. El tarotista estuvo a punto de congratularse por su propia estupidez.

—No, no. Se mudó *acá* hace unos meses, en... febrero. Le estamos guardando la correspondencia porque se fue de vacaciones.

—¿Y la gata?

—Ni idea, a lo mejor la dejó en lo de algún pariente.

—¿Entonces qué hacemos?

La primera persona del plural, como bien había calculado el uruguayo, tuvo un efecto devastador sobre el portero. De pronto se puso más gordo y viejo, y hasta su uniforme Graffa, antes impecable, pareció perder las líneas del planchado bajo el peso de tamaña responsabilidad.

—¿Me haría una gauchada? Yo me tengo que quedar porque el sereno todavía no llegó. La señorita Gaos es la dueña de un restaurante de acá nomás, a dos cuadras, y supongo que el socio o los mozos..., alguien de ahí, bah..., debe saber de la gata. Digo..., ¿le preguntaría y después me cuenta? Yo voy a estar aquí mismo o en casa, si es que el sereno aparece.

Nelson Floreal accedió, o mejor dicho se resignó a caminar en la dirección indicada por el portero —no podía hacer otra cosa— y luego decidir si hablaba con el socio de Inés, cuyas vacaciones ciertamente constituían un imprevisto peligroso. Divisó al primer visitante apenas cruzó la avenida y caminó unos pasos por Defensa. Era una anciana descalza y flaquísima, que solo llevaba puesto un camisón y arrastraba un tubo de suero, como si vagase por los pasillos de un eterno hospital en busca de algo que su arteriosclerosis le impedía definir. El tarotista se detuvo instintivamente, lo cual le valió chocarse contra unos muchachones harto más corpóreos y sólidos que venían pasándose un tetrabrik de vino blanco. Sus apresuradas disculpas le ganaron el tratamiento de «pelotudo» y «forro».

Como aquella noche de febrero en que había visto las espaldas del prófugo, los visitantes abundaban. Le pareció que provenían de la cortada San Lorenzo, y cuando llegó allí pudo comprobar que su hipótesis era correcta: un verdadero pandemónium reinaba en la pequeña calle. Nelson Floreal tuvo que abrirse paso por entre las aspiraciones y pesadillas de una gran cantidad de gente, cosa que detestaba. Si bien atravesar o ser atravesado por un visitante no produce sensación alguna, al tarotista le despertaba una profunda repugnancia, y no podía sobreponerse a la idea de que el roce con la vida íntima de los soñadores era contaminante y dañino. Para llegar a la puerta del que supuso sería el restaurante —Oscar se lo había descripto como un sitio fino—, no tuvo sin embargo más remedio que atravesar una extraña calesita. Giraba muy lentamente, y sus caballos de madera no subían y bajaban como es habitual. Algo que tenía el aspecto de ser una cruza de buitre y cóndor, pero de alas diminutas, extendía en su pico la sortija a los invisibles niños que disfrutaban del entretenimiento. Un enorme cartel, cuyo significado el tarotista no comprendió —PULL TO STOP TRAIN $5,000,000 FOR IMPROPER USE—, colgaba del cuello de la estrambótica criatura.

Picante era el número 374. Antes de entrar, Nelson Floreal miró calle arriba y calle abajo para cerciorarse de que ningún otro restaurante se correspondiese con la imprecisa descripción del portero. Solo parecía haber bares y sitios para bailar o escuchar tango, aunque a lo lejos, casi sobre Balcarce, se divisaba un restaurante japonés llamado Sukiyaki. El tarotista ya había franqueado la puerta y subido los tres pequeños escalones del zaguán cuando se dio cuenta de que aún no había resuelto qué decirle al socio de Inés; de hecho, ni siquiera había resuelto —al menos conscientemente— hablar con él. La tentación de retroceder, escapar de allí, fue muy fuerte, pero no tuvo tiempo de sucumbir a ella: un hombre bronceadísimo, de esmoquin, se le acercó enseguida, luciendo una sonrisa que desapareció de su cara en cuanto pudo distinguir con claridad el atuendo del supuesto cliente. Dentro del restaurante llovía a cántaros, pero no había otros visitantes salvo un boxeador negro que saltaba la cuerda. Llevaba un short púrpura o violeta, y movía los labios contando cada salto.

—Buenas noches. ¿El señor va a cenar?

Max distaba de ser una mala persona, de modo que hizo un esfuerzo por no ofender al extraño sujeto y sin embargo transmitirle que debía haberse equivocado de sitio. El resultado fue una pregunta cuyo sentido era impenetrable, porque su tono parecía implicar que la mera idea de servir una cena iba contra las añejas costumbres de la casa. Como además se le quebró la voz al hablar, el tarotista no supo qué responder, y por un momento imaginó que Picante era uno de esos lugares para gais y lesbianas de los que siempre se quejaba su amigo Atilio. Con la boca abierta, escrutó nerviosamente las mesas para detectar conductas indecorosas, pero solo halló comensales comunes y corrientes, nada que pusiese en peligro su integridad sexual. El maître era el único gay, o por lo menos el único gay obvio que había allí.

—¿Señor…?

—Buenas noches, disculpe… Buscaba al dueño, el socio de la señorita Inés Gaos.

Max levantó apenas la ceja izquierda, observándose al mismo tiempo de reojo en uno de los espejos; luego suspiró desalentado: jamás lograba parecerse lo suficiente a Bette Davis. Cuando Nelson Floreal estaba a punto de huir, seguro de que aunque no fuese un sitio para gais y lesbianas él no quería hablar con el dueño, y mucho menos con aquel psicótico que se miraba al espejo, el maître recordó que había levantado la ceja porque le maravillaba que el hombre del medallón conociese a Inés.

—Un momento, entonces. Ya se lo traigo. ¿Quién digo que lo busca, un amigo de Inés?

—No… Dígale que es… por un problema de la gata.

—¿La gata?

—La gata.

Max volvió a levantar la ceja. De haberse observado en el espejo, hubiese percibido una notable mejoría en su imitación de Bette Davis.

—La gata de Inés.

—Ah, ya entiendo. Azucena, ¿no? ¿Qué le pasa a la criatura, está enfermita?

—Muy. Es urgente.

—Ay, Dios santo. Un minuto.

Los visitantes —la lluvia, el negro— habían desaparecido. Eso y el hecho de que Max se hubiera marchado en busca de Alberto le permitieron a Nelson Floreal estudiar el comedor con algo de calma. Lo que al tarotista le parecía un lujo asiático era tan solo el resultado del olfato comercial de Inés, su convencional buen gusto. El bordó de los manteles complementaba la oscuridad de la *boisserie,* y el tema rojo/marrón seguía en platos y flores, en el uniforme de los mozos y hasta en una zona empapelada de la pared. No había ni una sola lámpara dicroica, pero tampoco las arquetípicas velas: cada mesa —todas eran redondas, de distintos tamaños— contaba con su propio farolito de gas. Nelson Floreal, que desconocía la cantidad de ají, pimienta de Cayena y jengibre que entraba en la composición de las especialidades del lugar, se maravilló de que mucha gente estuviese bebiendo cerveza en vez de vino, pero admiró lo importado de las marcas. Grolsch, Chimay Cinq Cents, Pilsner Urquell, Labatt's, Guinness, Samuel Smith, Kingfisher, Sapporo competían con el Veuve Clicquot, los blancos chilenos y algún verde portugués. Solo un grupo de personas, el más ruidoso y grande, estaba tomando vino tinto, cierto RFN que Nelson Floreal inmediatamente ansió probar.

—Cuénteme.

La voz de Alberto sobresaltó al tarotista. Ensimismado en el ambiente y los detalles del restaurante, no lo había visto venir. Tampoco esperaba encontrarse con un hombre de semejante tamaño, cuya sola presencia irradiaba fuerza física y anímica. Aunque las palabras «gordo» y «alto», pensó Nelson Floreal, se quedaban cortas para describir a Alberto, lo que más impresionaba eran los ojos bicolores, que le conferían un aire de perpleja seriedad —de interés sincero y serio, quizá algo fanático— a su expresión.

—¿Usted es el dueño?

—Soy el socio de Inés. Cuénteme cómo es esto de la gata, porque yo a usted no lo conozco. Y Azucena se escapó ayer mismo del departamento.

Nelson Floreal jamás le había revelado a nadie su condición de arconte, pero como doña Adela no había previsto ni las vacaciones de Inés ni que esta tuviese un restaurante y un socio, decidió arriesgarse primero con Alberto; calculó que, si resultaba mal comprendido, siempre le sería posible alegar una confusión o proseguir de algún modo con la historia de la gata. Estaba a punto de empezar cuando notó que Max se había ubicado estratégicamente para oír todo lo que dijesen.

—¿Podemos...?

Alberto debía conocer bien los chismosos hábitos del maître, porque comprendió de inmediato a qué apuntaba el inconcluso pedido de Nelson Floreal, cuyo vago gesto con la mano abierta —como de quien pide permiso para algo— no había resultado muy explícito.

—¡Cuánto misterio! Venga, sígame. Soy Alberto Leboud.

—Nelson Floreal Ortega.

Tras atravesar la cocina, un cuarto que hacía las veces de despensa y un pequeño escritorio, desembocaron en el patio. Alberto lo guio a oscuras hasta una habitación y encendió la luz. Contenía una cama chica, un sofá, un televisor enorme y dos bibliotecas en las que los videos triplicaban en número a los libros.

—Mi casa.

—¿Usted vive acá?

—Le acabo de decir. Ahora cuénteme.

Nelson Floreal obedeció. Durante media hora, y casi sin notar que Alberto no se había sentado ni lo había invitado a sentarse, estuvo hablando del Cerco y el deber de los arcontes, de los visitantes y el prófugo. Cuando terminó, tenía la garganta seca. Recién entonces tomaron asiento, y recién entonces Alberto, luego de cruzar las piernas y cerrar las manos alrededor de su rodilla derecha, abrió la boca de nuevo. Lo que dijo alborozó al tarotista.

—*Lamed Vav Tzadikim.*

—¡Sí, tal cual! ¿Conoce la historia?

—Me interesa todo lo que tenga que ver con el ámbito... digamos de lo religioso. Soy antropólogo, bah, y estoy haciendo un trabajo sobre el tema. Según la tradición hasídica, en cada generación hay treinta y seis hombres justos... o píos, no sé bien cómo se traduce. Nadie conoce quiénes son, pero si ellos no existiesen Dios permitiría la ruina del mundo. Hay otra palabra... *Nish...*

—*Tzadik Nistar,* un hombre santo oculto. Los arcontes, como le conté, son doce, y por lo general mujeres, pero ese cuento judío tiene algo de verdad.

Alberto sacó a relucir sus cigarritos, pero encendió parsimoniosamente uno solo después de que Nelson Floreal hubiese rechazado el ofrecimiento.

—Es bastante difícil de creer, ¿no le parece? Los sueños. Además, a mí Dios...

—Somos los guardianes del sueño. Yo no creo en Dios, los arcontes siempre fuimos perseguidos por la gente religiosa, y en especial por la Iglesia católica, que es la verdadera prostituta de Babilonia. La caza de brujas de los siglos dieciséis y diecisiete, por ejemplo, casi destruye El Cerco.

Para impresionar a Alberto, el tarotista estaba repitiendo frases —«prostituta de Babilonia», «siglos dieciséis y diecisiete»— que había escuchado años atrás, al igual que la historia de los *Tzadikim,* de boca del Dr. Eustaquio. No querían decir mucho para él, pero dio en el blanco porque los libros de su interlocutor iban desde el *Malleus maleficarum* y el texto de Trevor-Roper sobre la caza de brujas hasta *Satan Underground* y otros delirios paranoides de esos que en Estados Unidos compra la extrema derecha cristiana.

—¿Usted es un *Lamed Vavnik*?

El tarotista bajó la cabeza, avergonzado.

—Trato de ser digno.

Los ojos de Alberto lo crucificaron. Salvo por aquellas dos brillantes gemas, marrón verdosa una y celeste la otra, el humo espeso del cigarro le ocultaba el rostro.

—Pruébemelo.

—Puedo contarle qué soñó anoche.

—Anoche no soñé nada.

—Siempre se sueña, quiero decir, ustedes siempre sueñan. Solo los arcontes no soñamos.

Alberto se levantó a buscar el cenicero que estaba sobre el televisor, sosteniendo el cigarro con la llama hacia arriba para prevenir una catástrofe doméstica. Nelson Floreal pensó, un tanto incongruentemente, que la limpieza y el orden de aquel cuarto eran excesivos.

—Pero usted no sabe qué soñé anoche.

—¿Eh?

—Digo que usted no sabe qué soñé anoche.

—No. Tendría que concentrarme un rato. Mi madre sí, de solo verlo se lo podría decir.

—Entonces no quiero que me lo diga... Los sueños son... privados.

Con esa frase, Alberto terminó de ganarse el aprecio del tarotista, que detestaba ser testigo —doblemente, por su mendaz oficio y su condición de arconte— de los miserables y a menudo malignos secretos de las personas comunes.

—¿Le gustan los pájaros?

Nelson Floreal no esperó a que Alberto respondiese, sino que salió al patio. Segundos después habían llegado los primeros gorriones y palomas, de modo que levantó los brazos en cruz y se quedó inmóvil. Las aves dejaron de volar en círculos a su alrededor para posarse sobre él. Jilgueros, calandrias, tordos, cardenales y hasta un diminuto canario color naranja se sumaron pronto a las especies comunes de la ciudad, transformando a la figura del uruguayo en una suerte de anti-espantapájaros. Como estaba de espaldas a Alberto, no pudo ver que este se había parapetado tras la puerta entreabierta, temeroso de las alas y los picos. Escuchó, en cambio, la voz bastante menos firme y segura de sí misma en que el dueño del restaurante le imploraba que cesase.

—Basta, basta, por favor. Le creo. Haga que se vayan.

El tarotista obedeció. Las aves partieron al unísono, una densa columna viviente elevándose hacia el cielo y la luna nublada. Solo quedó el pequeño canario, que Nelson Floreal transfirió de su hombro al dedo índice de una mano y empezó a acariciar con extrema delicadeza.

—Pobrecito. Se debe haber escapado y ahora siente pánico. Me parece que me lo llevo a casa… ¿O usted lo quiere?

—Los animales me… No me gustan mucho los animales, y menos los pájaros. ¿Cómo hace?

Nelson Floreal guardó al canario en el bolsillo exterior del saco, dándole luego una palmadita como para pedirle que permaneciera allí, decirle que estaba a salvo. Él, por su parte, estaba generosamente cubierto de excremento de ave.

—La verdad que no sé. Los animales nos quieren, y a veces nos basta pensarlo como para que nos hagan caso. Es como que me imaginé la escena y ocurrió. Pero no siempre funciona; con mis perros, por ejemplo, nunca consigo nada.

Visiblemente agitado, Alberto encendió su tercer Café Crème con la colilla del segundo.

Luego aplastó en el cenicero, con furia, el cadáver inservible del ya consumido.

—Está bien, está bien, le creo todo. Es lo más raro que oí en mi vida, pero le creo todo. ¿Le gustaría tomar algo? Tenemos que organizarnos.

El tarotista enrojeció, en parte de culpable placer por su triunfo sobre el escepticismo y en parte de vergüenza por el pedido que se le escapó de entre los dientes.

—Esteee... Cuando lo estaba esperando vi una gente que tomaba un vino... ¿RFN, se llama?

—¿Le gusta el RFN?

—Me gustaría probarlo, sí.

Mientras Alberto iba en busca de una botella y las copas, Nelson Floreal se congratuló de haber hecho un aliado tan importante. El único problema era que la gata, el familiar, hubiese huido del departamento de Inés, pero hasta eso tenía algo de bueno, ya que lo liberaba de inventarle otra historia al portero.

Cuando por fin me dejaron sola con Leopoldo el peso de la situación se derrumbó sobre mí, me derrumbó. Había hablado con su madre y con la hermana, que iba a tomar el primer vuelo a Cuba que pudiese, en cuanto la gente del hotel me avisó que estaba en el Ameijeiras, vale decir antes de saber bien yo misma qué tenía. El diagnóstico era pancreatitis aguda, y los médicos se negaban a creer que Leopoldo no solía abusar del alcohol: el hígado graso, su vientre enormemente distendido, una enzima que llaman amilasa en 1715 —sobre valores de referencia, si no me falla la memoria, 20/220— y el hecho de que lo hubiesen encontrado vagando frente a la Oficina de Intereses Norteamericanos en malla, del todo loco y presa de espantosos dolores, constituía para ellos evidencia irrefutable. Debo confesar que estuve a punto de creerlo; incluso me pregunté si su rechazo a mi propio hábito de la droga no se debería a que tomaba a ocultas, lo que hubiese convertido a la borrachera del sábado y su posterior desaparición en un episodio más explicable. Sin embargo, Leopoldo había estado ausente durante tres días y no llevaba dinero encima como para mantenerse borracho, y su conducta cuando lo arrastraron hasta el hospital había sido la de un psicótico. Hasta se había roto la mano derecha —el quinto metacarpo— mientras intentaba golpear a una enfermera que le quería poner la aguja para el suero. No me quiero imaginar lo que habría ocurrido con la cara de la pobre si no hubiese esquivado el puñetazo, que por fortuna fue a dar contra la pared.

El cuarto en que lo habían puesto resultaba lujoso desde el punto de vista cubano —individual, con baño propio y un sofá para las visitas—, pero sus paredes celestes y el hierro pintado de la cama y la mesita de luz conseguían lo imposible, que en ese momento era incrementar mi angustia. No había cortinas, y el sol del trópico entraba por la ventana en todo su iracundo esplendor. Una mancha de humedad en el techo, verdinegra y desagradable, se cernía sobre Leopoldo. Él estaba bajo el efecto de varias dosis de sedantes; lo habían limpiado un poco y le habían colocado un camisón hospitalario ridículo, de mangas cortas y cuello redondo, que se cerraba por detrás. Le toqué la cara, aquella lija azulina de su cuarto día sin afeitarse, e hice el intento de arreglarle el pelo, grasiento y sucio como nunca se lo había visto. El recuerdo de su pulcritud, que trajo consigo el de su cariño, fue demasiado para mí; empecé a llorar y llorar, a echarme la culpa de inexistentes faltas y maldecir a las Antillas Mayores, su turismo y su ponzoñoso ron. Debo haber tardado siglos en calmarme, porque cuando lo logré el sol ya no daba tan de lleno en el cuarto. Serían alrededor de las tres, y el hospital estaba sumido en un silencio tan espeso que se me antojó que de solo esforzarme un poquito hubiera podido oír cómo goteaba el suero.

Desde el lunes, Alberto me había dejado ocho mensajes en el hotel pidiendo que lo llamara urgente, pero pensar en hacerlo —o en llamar a mamá y sufrir sus recriminaciones por no haberlo hecho antes— bastaba para que mis ojos se humedeciesen de nuevo. Es curioso cómo la enfermedad propia o la de un ser querido nos vuelven sensibles a la básica, rutinaria y terca injusticia del mundo, o mejor dicho cómo nos inducen a extender impropiamente el concepto de justicia más allá de lo social y legislable. En ese momento odié a Alberto y a mamá como si me estuviesen molestando a sabiendas: a Alberto porque lo suponía preocupado por algo del restaurante; a mamá por pura costumbre mía de atribuirle los peores motivos a sus actos.

Necesitaba refrescarme. El cuarto era un horno y yo había transpirado muchísimo, pero dejar a Leopoldo solo, incluso por unos instantes y para ir al baño, me costó un buen rato de deliberación íntima. Una vez allí me quité la camisa y me lavé la cara y las manos. Para cuando iba a seguir con las axilas cortaron el agua, evento que vino precedido por un estruendoso gorgoteo de las cañerías y un chorro de líquido marrón rojizo, que fue el último y salió de la canilla con inusitada fuerza. Tras secarme con unos Kleenex y ponerme un poco de perfume, me arreglé el pelo como pude —el botiquín no tenía espejo— y piqué una línea. Lo hice sobre el libro que había traído para leer, que no era sino el ejemplar de *Tributos,* de Gombrich, comprado en la calle Obispo. Recuerdo que me fue imposible evitar el cliché de pensar que aquel paseo del sábado parecía haber ocurrido meses atrás.

Lo de la línea resultó ser una mala idea, porque entre el calor, la sed, la cocaína y el cansancio me dio un ataque de presión baja. Además estaba con la regla, que por algún motivo —supongo que hormonal, pero ahora ya no importa— se me había vuelto más dolorosa desde que dejé las pastillas para pasarme al DIU. Sintiendo unas ligeras naúseas, que las puntadas en el útero no me ayudaban a superar, lamí la hoja del cortaplumas y lo guardé junto con el libro y el resto del papel en el fondo del bolso de mano. Entonces me di cuenta de que en la pared del baño había un timbre idéntico al que Leopoldo tenía cerca de la cama. A punto de pulsarlo para llamar a la enfermera, la memoria de la azafata me detuvo; si finalmente oprimí el timbre fue solo por cábala, porque en el avión no lo había hecho y me pareció bueno romper aquel siniestro paralelismo.

La chica que acudió al llamado fue muy rápida. Se materializó en el cuarto a los pocos segundos de que yo hubiese salido del baño. No me sobresalté, aunque sospecho que le debe haber extrañado que la mirara tan fijo y con tanto detenimiento. Me había preguntado si Leopoldo necesitaba algo, y yo no le respondí hasta asegurarme de que no se iba a convertir en un gigante musculoso.

—Buenas tardes... La verdad que no la llamaba por mi marido, sino por mí. ¿Me traería un poco de agua, por favor?

Detesté haber usado la palabra «marido» simplemente porque me hallaba en un contexto institucional. El disimulo, por otra parte, era inútil, ya que media Habana sabía del argentino loco y la mujer que lo había estado buscando. Creo que hasta salimos en Tele Rebelde, Dios nos perdone.

—Es que no hay. Va a volver como a eso de las seis.

—Sí, ya sé, la cortaron recién, pero ¿no me puede conseguir nada nada? Estoy indispuesta, y tengo la presión por el piso.

La chica se conmovió, quizá porque mi ataque de lipotimia era más evidente de lo que yo creía, quizá porque mi desconfianza respecto de médicos y enfermeras —que data de la muerte de papá— carece de fundamentos sólidos.

—Permítame que le tome la presión, después veo si le traigo un poco de jugo. Siéntese.

Me sometí de buen grado. Por la cara que puso, y teniendo el cuenta el grosor y largo de la línea que me había hecho, pude adivinar lo que iba a decirme incluso antes de que se sacara el estetoscopio y aflojara el velcro.

—Está baja. 9/6. Y también tiene el pulso acelerado. Ya vuelvo, ¿eh? Usted quédese sentadita.

Me trajo una jarra entera de jugo de naranja sintético, muy dulce. La generosidad me asombró, porque debía ser la bebida que guardaba para ella. Le di cinco dólares de propina y me sentí horrible, pero me tomé su jugo con culpa y todo. A los pocos minutos, salvo por las puntadas en el útero, estaba lo suficientemente bien como para ponerme a leer mi Gombrich.

El libro me decepcionó. Esperaba encontrarme con ensayos de historia del arte, como los que había tenido que estudiar en la facultad o los que luego había comprado por mi cuenta, fascinada, y en cambio me topé con verdaderos tributos, homenajes a distintos críticos, estetas y coleccionistas. El tono era laudatorio y el formato biográfico, un género que de veras me desagrada. Cuando llegué al último ensayo y reparé en que los había empezado todos pero no había leído ninguno completo, me rendí ante la evidencia de mis imposibilidades y guardé el libro de nuevo. Quizá fue esa decepción de la primera lectura la que me llevó después a olvidármelo en el Habana Libre. Me imagino que alguna mucama o turista lo tiene ahora, un ejemplar de *Tributos* flamante salvo por ciertas casi imperceptibles marcas como de cuchillo en la cubierta.

Leopoldo comenzó a roncar, y no hubo modo de que parase rascándole la almohada. Ya que no me atrevía a despertarlo —de hecho no estaba segura de poder despertarlo, tan grande era la cantidad de sedantes que le habían metido—, me resigné a soportar su estruendo. Estaba a punto de volver al sofá, o más bien a caminar hecha un manojo de nervios de una pared a la otra, cuando percibí que el suero caía más lentamente de lo apropiado. Mientras ajustaba el goteo a una velocidad que me parecía la original, algo húmedo y no del todo líquido me rozó el codo. Sobre el cubrecama había una mancha verde esmeralda, con reflejos amarillentos y consistencia de aceite. Miré hacia arriba de inmediato, y descubrí para mi sorpresa que la humedad del techo había cambiado. Se había convertido en una película verde y brillante, de un tono ligeramente más oscuro que la mancha del cubrecama, como si se tratase de pintura de la misma lata pero sin diluir. El codo me ardía horrores, lo cual me distrajo un momento del fenómeno del techo: la piel estaba intacta, ni siquiera enrojecida, y cuando la toqué me pareció fría, cadavérica. La sensación se asemejaba a la de quemarse con hielo seco.

Aquella cosa del techo tampoco era muy normal. Se movía. Retrocedí hacia el sofá, aún demasiado asombrada como para sentir miedo. La cosa no solo desafiaba las leyes físicas más elementales —una especie de líquido, de mercurio que no caía sobre la cama como hubiera debido—, sino que me daba la incómoda impresión de poseer una voluntad propia. Por algún motivo, en ese momento no recordé mis dos raras experiencias anteriores, quizá porque las había consignado al rubro de los sueños y las pesadillas. De pronto la cosa empezó a concentrarse, y al poco tiempo pasó de tener alrededor de un metro de largo por cincuenta centímetros de ancho a medir veinticinco centímetros por veinte. Parecía estar preparándose para algo.

Debo haber gritado, y mucho. Primero fue un chorro que le entró a Leopoldo por la boca abierta, pero cuando él la cerró automáticamente, para poder respirar y no atragantarse, aquella cosa se desprendió del techo. Una vez que estuvo sobre él, y tras dividirse en cientos de charcos verdes, cuyo color y lustroso brillo volvieron a sugerirme el aceite de oliva, lo invadió por todos los orificios del cuerpo, sacudiéndolo como un pelele mientras penetraba por la uretra, la nariz, el ano, los oídos y la boca de nuevo abierta, forzada a permitir el ingreso de la materia extraña. Hubo un segundo en que el vientre de Leopoldo se hinchó hasta alcanzar el volumen de una embarazada de ocho meses, y luego —de golpe— su cuerpo volvió a la aparente normalidad con que se encontró la enfermera. Yo estaba tratando de superar mis tartamudeos y explicarle qué ocurría —no era la misma chica del jugo— cuando Leopoldo se incorporó en la cama. Doy fe de que cuando giró su rostro hacia nosotras vimos un par de ojos amarillos e inhumanos. Antes de arrojarse por la ventana, dejando atrás un rastro de sangre porque en su corta carrera se había arrancado el suero, habló con dificultad y una voz muy ronca, pero poniendo un terrible odio en la única palabra que dijo.

—PUTAS.

La enfermera se desmayó. Me acerqué a la ventana por puro reflejo y tomé nota, con orgullo casi científico pero inconsciente, de que en el aire flotaba el olor habitual —excremento, azufre, sábanas usadas— y de que la temperatura del cuarto había descendido muchísimo. Cinco pisos más abajo, el cuerpo de Leopoldo parecía un fruto pisoteado. Los curiosos aún no habían acudido a la cita.

—¿Y? ¿Lo vas a probar o no?

Mientras me llevaba la cuchara a la boca, obediente, comprendí que tanto Alberto como yo estábamos actuando, y actuando mal. Nuestra ficción de normalidad hacía agua por los cuatro costados: era insensato que estuviésemos en la cocina de Picante, discutiendo la receta de su plato nuevo, a menos de una semana de lo de Cuba. Solo el recuerdo de innumerables noches similares —Picante cierra los martes, y los martes por la noche solíamos reunirnos a tratar los problemas del restaurante y del mundo— nos permitía proseguir con aquella farsa. La cuchara humeaba, y el primer bocado me quemó un poco la lengua.

—Está caliente. ¿Como me dijiste que querías ponerle?

—Puchero chino.

Tras concederme el alivio de un trago de cerveza, probé un segundo bocado, cuidándome de que incluyese también algo de arroz blanco. Había un problema con los condimentos, nada grave pero un problema.

—¿Me repetís la receta? El nombre me parece bárbaro, che. Fantástico, muy… entrador.

—Es lindo, ¿no? Mirá: picás cebolla y la saltás en aceite de oliva, con uno o dos putaparió. Después saltás la carne, el lomito de cerdo cortado en dados y las pechugas de pollo en triangulitos. Cuando está hecha por fuera agregás los morrones en tiras (verdes, rojos y amarillos), mucha salsa de soja, casi una botella entera, tabasco y pimienta negra. Tapás. Dejás que hierva un rato y le echás los shiitake con el agua en que los remojaste, los champiñones y los brotes de bambú. Cuando eso está más o menos listo, agregás los brotes de soja. La idea es servir en cuanto adquiere consistencia de guiso, y acompañar con arroz blanco.

Me había vuelto a perder la mitad de la receta. La horrible muerte de Leopoldo, los trámites para repatriar el cadáver —que demostraron la absoluta inutilidad de la Assist-Card tan recomendada por nuestra agencia de viajes— y el resentimiento de su familia habían destruido mi capacidad de concentración en lo que no fuera mi propio odio y tristeza.

Para colmo, no había llegado a tiempo al entierro, aunque la hermana de Leopoldo «estaba segura» de haberme dicho que por un problema burocrático no se iba a hacer en La Plata sino en el cementerio de Olivos. Parece que Leopoldo de hecho había empezado a tomar poco después de conocerme; su familia, de todas formas, me culpaba por ello, y creía a pies juntillas en los médicos cubanos y aquella historia de un brote de demencia inducido por el alcohol. No hubo modo de hacerles entender que su páncreas e hígado eran los de alguien que había abusado del alcohol durante años, y que de haber sido ese el caso se hubiera notado en su trabajo como penalista, mucho antes del viaje.

—Bueno, ¿te gusta o no te gusta?

—Me gusta.

—¿Pero?

Alberto estaba del otro lado de la mesa alta que hay en medio de la cocina, donde normalmente nos ubicábamos para tener todo bajo control. En consecuencia, para tomarme de la mano como lo hizo tuvo que arrojar el corpachón sobre la mesa e inclinar su banqueta hacia adelante. El sentido del equilibrio de mi estimado socio nunca fue gran cosa, y aquella vez lo puso en ridículo, porque las dos patas delanteras de la banqueta, forzadas a sostener el peso por sí solas, se deslizaron hacia atrás y lo dejaron sin punto de apoyo. Me soltó la mano de inmediato, pero no con la suficiente velocidad como para usar las dos suyas en impedir por completo la catástrofe. Aunque él logró bajar los pies y aferrarse de la mesa con la izquierda, con la derecha no pudo detener la caída de su banqueta, que se estrelló contra el piso haciendo un ruido más que notorio en la cocina desierta. Recuerdo que su expresión de enojo fue lo primero en causarme algo de gracia en muchos días.

—No te caigas, tonto. ¿Estás bien?

Mientras recogía del suelo el instrumento de su vergüenza, Alberto bufó pesadamente. Como es muy pálido —jamás toma sol, y que yo sepa en su vida pisó una playa—, enrojece con suma facilidad.

—Sí. Pero me asusté, creí que me rompía la crisma.

Sonaba sincero aparte de enojado consigo mismo, de modo que decidí pasar por alto lo cómico del percance y no hacerle ningún chiste. En cambio, ya que mis papilas gustativas habían seguido trabajando durante ese tiempo, y finalmente le habían transmitido su veredicto al cerebro, estaba lista para pronunciarme acerca del puchero chino.

—¿Qué soja usaste, Kikkoman o la otra?

—Kikkoman.

—Queda muy salado, va a haber que diluirla un poco.

Alberto se quitó el delantal y fue a colgarlo en uno de los ganchos de la puerta que da al comedor, ponderando mis palabras.

—¿Te parece? Mirá que no tiene nada de sal, solo la soja.

—Para mí queda muy salado. Lo que sí le agregaría es más tabasco, o quizá otro putaparió.

Durante mi ausencia, Alberto se había perforado el lóbulo derecho, y yo no terminaba de acostumbrarme al abridor de oro que llevaba. También se me hacía difícil imaginar cómo le quedaría el aro una vez que descartase el abridor. Me lo había mostrado, una joya maciza y digna de un pirata del diecisiete. El notó mi distracción.

—No te gusta mi plato y no te gusta que me haya puesto un aro.

—¡Sí me gusta! Bueno, el aro no sé… Te digo cuando te pongas el de verdad.

Una sospecha seguía oscureciéndole el rostro. Insistí.

—No, en serio, con la soja diluida va a estar bárbaro. Hay que mejorar apenas la presentación.

—¿De veras te gusta?

—Pero sí, querido. En serio te digo, no seas plomo.

—Lo de la presentación es por los morrones, ¿no? Tendrían que ir sin piel.

—Exacto. Me leíste los pensamientos.

Quedamos en incluir el puchero chino en el menú, con los cambios que yo sugerí salvo el de ponerle más tabasco, a partir de la semana siguiente a esa. Mientras Alberto ordenaba la cocina, yo terminé mi plato en silencio. Supuse que él estaba aguardando el momento de abordar la muerte de Leopoldo y consolarme un poco, mentirme por ejemplo que Azucena iba a aparecer, pero por supuesto no imaginé las extrañas noticias que tenía para contarme. Yo distaba de querer que otra persona machacase sobre los temas que constituían la materia de mi monólogo interior, de modo que intenté seguir hablando del restaurante. (Ahora comprendo que incluso eso que estoy llamando «mi monólogo interior» era una fachada, un flujo de incoherencias que me servían para no admitir que estaba yendo rumbo al Moyano o me hallaba a merced de fuerzas sobrenaturales).

—¿Y qué te parece a vos lo de los tragos?

Alberto, que acababa de tomar mi plato y se disponía a llevarlo a la pileta, abrió la boca como para decir algo totalmente desvinculado de mi pregunta. Luego la cerró, se llevó el plato y me pidió casi por señas y gruñidos que esperase mientras volvía del comedor. Como estoy acostumbrada a sus demoras en responder y a sus frases repentinas y raras, esa conducta —que en otra persona me hubiese resultado grosera e inaceptable— no me produjo el menor asombro. Cuando volvió traía un drambuie para él, un cognac para mí y una cajita envuelta en papel de regalo.

—Parecer me parece bien, pero no empezaría hasta que Max les tome la mano. ¿Tu idea era ofrecer... cuántos tragos?

—No sé. Cinco, siete: negroni, el mojito que te conté, manhattan, gin tonic, bloody mary, que sé yo... Los clásicos y algún otro que fuera especialidad de la casa, como el mojito.

—Okey, entonces.

Alberto había colocado la pequeña caja junto a su vaso. Evidentemente, el muy dulce no iba a decirme nada, sino que quería que yo misma reparase en ella. Le di el gusto.

—¿Para mí?

—Para la chica más linda del mundo.

Abrí el regalo como suelo hacerlo, vale decir destrozando el papel a los apurones. Por el rabillo del ojo, sin embargo, me di cuenta de que para Alberto esa ceremonia —confieso que repetida: él siempre me hizo a mí más regalos que yo a él— era un preámbulo, una excusa para sus propósitos ulteriores y en aquel momento misteriosos. El cortaplumas que encontré dentro de la caja es el mismo que estoy usando ahora: uno lindísimo de dos hojas, de esos viejos con cachas de nácar amarillento ajustadas mediante tornillos de bronce. Tiene la punta de la hoja más corta ligeramente torcida.

—Muchas gracias. Es divino.

—Usted lo merece, doña.

Di la vuelta a la mesa para agradecerle a Alberto. Cuando lo besé, sentí con cierta culpa por Leopoldo esa corriente de sexualidad reprimida que siempre hubo entre nosotros. Es algo raro, porque las tres o cuatro veces que intentamos hacer el amor ni Alberto consiguió una erección completa ni yo tuve suficiente flujo. Será que la amistad y el sexo no se llevan bien en la cama.

—Me encanta. ¿Dónde lo conseguiste?

—Acá a la vuelta, en una de las casas de antigüedades. Te digo que estaba harto de verte picar con ese Victorinox aparatoso.

—Ya sé, ya sé. Ahora viene la próxima queja, que cómo puedo haberme mudado a ese edificio tan horrible, y entonces yo te contesto que me queda cómodo para el restaurante y además tengo la mejor vista al río de todo Buenos Aires. ¡Ah! Y después me vas a hablar mal de Nancy Romero, que es cursi, que es guaranga, etcétera, etcétera. ¿No?

Alberto se había puesto serio de golpe, y mi parodia de sus habituales críticas no parecía estar haciéndole mucha gracia.

—Inés.

—¿Qué?

—La muerte de Leopoldo no fue muy normal.

No esperaba tamaño golpe, y me quedé boquiabierta durante unos segundos.

—¿Es una pregunta?

—No, no es una pregunta. Los mensajes que te dejé en Cuba fueron porque una persona estuvo... preguntando por vos. Se llama Nelson Floreal Ortega, y es un... tarotista, uruguayo. Piensa que corrés peligro.

Supuse que era un chiste de mal gusto, que por extraña casualidad daba en el clavo de mis obsesiones. Me enojé con Alberto por ponerme esa cara de póker y reírse de la muerte de Leopoldo, pero no sin antes experimentar un momentáneo e injustificado alivio: ya tenía muchos problemas con lo sobrenatural como para agregarles un tarotista de nombre ridículo.

—¿Un tarotista uruguayo? ¿Me estás cargando?

—No. Escuchame, Inés: ¿te acordás de lo que me contaste acerca de tu primera noche en el departamento nuevo?

—¡Claro que me acuerdo! ¿Te crees que lo inventé?

—Para nada. Todo coincide con lo que me dijo Nelson Floreal, perfectamente.

Lo miré con horror, casi segura de que yo no era la única persona en aquella cocina que se estaba volviendo loca, pero

Alberto había previsto mis reacciones. Del bolsillo de atrás de su jean sacó una hoja de computadora, que me extendió tras desdoblar con exasperante lentitud.

—Leé esto. Lo que me contó el uruguayo es tan raro que preferí ponerlo por escrito en seguida. Sabía que me iba a costar trabajo convencerte. ¿Querés otro cognac?

El título estaba en mayúsculas:

LOS GUARDIANES DEL SUEÑO

—¿Y? ¿Querés o no querés?

Intrigada por el sentido de aquellas palabras, no había escuchado el ofrecimiento de Alberto. Me llevó unos segundos comprender de qué hablaba, y eso solo porque señaló mi copa.

—¿Eh? Ah, más cognac… Sí, por favor.

Para cuando Alberto volvió con las bebidas, yo ya estaba inmersa en la lectura. Al principio me pareció algo sacado de una novela, pero coincidía de un modo siniestro y familiar con mis experiencias:

> Los sueños son reales. Mientras dormimos, nuestro cerebro, desprovisto de estímulos externos, necesita contarse historias porque de lo contrario su inactividad le resultaría dañina. Estas ficciones de la mente, con todos sus personajes, objetos y espacios, subsisten durante un tiempo —lo que dura el sueño— en una zona o dimensión paralela a la de la vigilia. El acceso de una dimensión a la otra no es imposible, pero supone un esfuerzo de la voluntad que está ausente de los personajes del sueño, que por lo común solo ejecutan su papel, o que una persona de la vigilia sepa cómo cruzar del otro lado y desee hacerlo, ya que nadie ha vuelto de allí con sus facultades intactas.

Hay una tercera zona o dimensión llamada El Cerco. Es la frontera entre las otras, y la que garantiza que el mundo tal cual lo conocemos siga existiendo. En cualquier época de la historia humana ha habido doce personas, por lo común mujeres, que tienen el deber de preservar El Cerco. Son los arcontes, los que nunca sueñan. Mucha gente posee la sensibilidad necesaria para convertirse en arconte, y de hecho la mayor parte de los seres humanos ha intuido alguna vez en su vida que los sueños existen, transcurren en algún sitio. No obstante, nadie se convierte en arconte sin que otro arconte lo designe su heredero y le enseñe a no soñar, a desplazarse por El Cerco y a leer los sueños de las personas comunes. Cada arconte conoce la identidad de los otros once, y puede con esfuerzo y paciencia comunicarse con ellos a través de largas distancias, aunque no lo hace a menudo porque resulta muy doloroso y complejo. Desplazarse por El Cerco tampoco es algo que los arcontes hagan con frecuencia, ya que el placer de prescindir de las ataduras corporales entraña la tentación de no regresar jamás a ellas.

En ocasiones, cuando los sueños de una persona son particularmente vívidos, cobran tal solidez que un arconte puede verlos. Dichos sueños, que parecen formar parte de la vigilia pero jamás entran en contacto con ella, se denominan visitantes. Los arcontes no les temen, pero les prestan atención porque una abundancia de visitantes —suelen ser sueños que producen angustia, como las pesadillas— indica que El Cerco atraviesa un periodo de inestabilidad y de algún modo peligra. La amenaza real y mayor, sin embargo, son los prófugos, que están en el origen de aquellas viejas leyendas europeas acerca de íncubos y súcubos. Un prófugo nace cuando una persona de especiales dotes, que debería ser arconte y sin embargo no ha sido identificada por los otros, comienza a tener pérdidas, vale decir posibilita que cierto personaje de sus sueños cobre conciencia de sí y de quien lo sueña. Si los arcontes están débiles, o pasa mucho tiempo durante el cual son menos de doce, el prófugo puede abrir una brecha en El Cerco y encarnarse. Lo que ocurre luego es materia de especulación, pero por lo común el prófugo comienza por aniquilar a los seres queridos de quien lo ha soñado, y finalmente se independiza de este, matándolo también. Reparar El Cerco es muy difícil, porque cualquier brecha facilita a la larga la apertura de otras, y si el proceso continúa hasta los visitantes de las personas más comunes pueden adquirir conciencia de sí y cruzar a la vigilia.

Me topé con los ojos de Alberto apenas levanté la vista del texto. Su mirada capturó a la mía, impidiéndole vagar por la cocina y forzándome a producir algún tipo de respuesta. Para poder hacerlo me tomé mi segundo Courvoisier, hasta entonces intacto, en dos largos tragos. No es el mejor modo de disfrutar de un cognac.

—¿Qué es esta basura, Alberto? Como joda me parece demasiado elaborada, y eso sin hablar de su mal gusto.

Mi voz sonó temblorosa, revelando a las claras que aquel texto había calado más hondo de lo que yo estaba dispuesta a reconocer. Alberto hizo caso omiso de mis prejuicios, y simplemente me relató la historia de Nelson Floreal y los pájaros. Luego, poquito a poco, consiguió que yo le contase el episodio del avión y los detalles de la muerte de Leopoldo. Tengo un inmenso respeto por la inteligencia de Alberto —Ricardo, mi ex, es la única persona más inteligente que él que yo haya conocido—, de modo que mi escepticismo había disminuido mucho incluso antes de que él sacase de su manga la carta decisiva. La tiró sobre la mesa después de agotar todos sus argumentos, mientras consultaba su reloj con expresión satisfecha y triunfal.

—¿Querés estrenar tu cortaplumas?

La propuesta me agradó, pero sospeché que había gato encerrado. No me equivocaba.

—Bueno… Sí. ¿Tenés?

—Ahá. Digo, porque solo nos quedan cinco minutos. Arreglé con Nelson Floreal que venía a las once y media. Te imaginarás que está ansioso por conocerte.

El tarotista uruguayo llegó con bastante retraso, de modo que hubo tiempo de sobra para que Alberto elogiase su más reciente película de terror favorita. Pese a mi confusión, alcancé a entender que se llamaba *Cuando cae la oscuridad* y era de vampiros.

Cuando Mrs. Marjorie Murdoch emergió de la Tate Gallery, puntualmente a la hora del cierre, lo hizo con la satisfacción de quien ha cumplido con su deber. No solo había visitado a sus queridos Constable, Rossetti, Burne-Jones y Wallis —en especial a Wallis, para ver aquella ventana tristísima que ocupa un ángulo de *Chatterton's Death* y siempre la impresionaba—, sino que había hecho el esfuerzo de pararse varios minutos frente a un Mark Rothko. Como muchas señoras que asisten de tanto en tanto a los cursos de divulgación de la Royal Academy of Art o el Birbeck College, Mrs. Murdoch había sido expuesta durante las últimas décadas a Griselda Pollock y Norman Bryson, Walter Benjamin y Linda Nochlin, Foucault, el feminismo, la semiótica y toda otra serie de enfoques para ella siempre tan novedosos como desprovistos de sentido común. Una conferencia reciente, sin embargo, dictada por cierto joven académico menos dispuesto a criticar la misoginia de Kenneth Clark que a hablar de pintura, había conseguido despertar su interés por el expresionismo abstracto. Y aunque Rothko no tuviese ni la más mínima chance de convertirse en uno de sus artistas de cabecera, Mrs. Murdoch tampoco lo hallaba hosco y amenazante, como solía ocurrirle con todo lo posterior a Cézanne. A decir verdad, hasta le había gustado la calidez de los colores, el modo en que vibraban en el cuadro.

Por Millbank, a lo largo de la ribera del Támesis, los paseantes y turistas aprovechaban la espléndida tarde. Mrs. Murdoch se detuvo en lo alto de la escalinata de la Tate, disfrutando de la temperatura y el panorama, y calculó que el verano se había adelantado exactamente dos días. Como buena londinense, vivía pendiente de los cambios climáticos, de si el huidizo sol subrayaba o velaba los encantos de la ciudad. Una vez en la calle, sin embargo, y mientras se encaminaba a paso lento hacia Vauxhall Bridge, el mismo bienestar que la había invadido le produjo un leve remordimiento. Aún extrañaba a su esposo, el coronel Alfred Douglas Murdoch, V. C., D. S. O., muerto de un cáncer de hígado diez años atrás, y cada vez que le ocurría algo placentero o agradable la memoria de aquella pérdida se lo agriaba un poco. No habían tenido hijos ni sido, salvo por su amor, excepcionalmente felices: solo en medio de la guerra, durante una semana del lejano 1943 en que se conocieron, habían gozado a fondo de la vida, antes de que la granada se llevase una pierna de Alfred y le dejase a cambio el cuerpo lleno de esquirlas, trozos de plomo que fue pariendo con dolor a través del cuello, un brazo, las nalgas y la otra pierna.

Al doblar por Bessborough Gdns. hacia Bessborough St., Mrs. Murdoch se preguntó si no debería seguir caminando hasta Victoria, simplemente para hacer un poco de ejercicio y aprovechar el buen tiempo. Menos contenta que antes con el sol y su nueva sensibilidad hacia la pintura moderna —que hubiese escandalizado al querido Alfred, cuya idea de las artes plásticas no excedía los estrictos límites de un perro o un caballo de Landseer—, decidió que los zapatos que llevaba, unos estrechos que se había puesto porque combinaban con la cartera y su vestido a rayas azules, blancas y negras, la iban a hacer sufrir. Si tomaba el subte en Pimlico —monologó, conjurando la imagen de su médico— ya caminaría bastante bajo tierra al cambiarse a la Jubilee Line, y para una persona de setenta años, gorda y fumadora desde siempre, se había portado muy bien ese sábado.

Era quizá ridículo que Mrs. Murdoch se preocupase tanto por su salud. Lucía como si tuviese entre cincuenta y cinco y sesenta años, y su propio médico tan temido, de haberla visto de lejos, encendiendo un arcaico Woodbine junto a la rampa de acceso a la estación, no le hubiese negado las tres o cuatro bocanadas de humo previas a entrar al subte. Se notaba que había sido una belleza británica: los huesos grandes, las facciones ligeramente masculinas —que la gordura suavizaba— y aquellos ojos inquisitivos, del mismo gris que su cabello, eran casi un estereotipo, algo insólito fuera de ciertas exportaciones culturales llenas de chauvinista nostalgia por el Imperio y los buenos viejos tiempos eduardianos.

Mientras terminaba su medio cigarrillo, Mrs. Murdoch fue abordada por dos mendigos. Se le aproximaron con apenas segundos de diferencia entre sí, y ella silenció su idéntico y plañidero *«Can you spare some change?»* dándole cincuenta peniques a cada uno. Ese breve ballet urbano la dejó exhausta; cada vez que se alejaba de Mayfair, su evidente buena posición —que no era sin embargo tan buena como para usar su Mini todo el tiempo, sin pensar en el costo de estacionarlo— la convertía en fácil presa de las huestes de marginados producidos por el desempleo y las ideas de Margaret Thatcher.

Dentro de Pimlico Station, durante el corto lapso en que tuvo que esperar a que se liberase alguna de aquellas máquinas expendedoras de boletos que también dan cambio, Mrs. Murdoch estudió con desagrado las atroces réplicas de cuadros de la Tate que decoraban los muros. Nunca se había fijado mucho en ellas, y las de obras más recientes se le antojaron incluso peor que sus originales, cosa que momentos antes no hubiese creído posible. (Pese al relativo éxito de Rothko, el hecho de que Mrs. Murdoch asistiese a cursos y conferencias sobre bellas artes no había alterado en gran medida su juicio estético, que perpetuaba el gusto medio de los años treinta y su actitud de «hasta un niño puede hacerlo» frente a la vanguardia).

Cuando por fin llegó a la plataforma, las puertas de su tren acababan de cerrarse. No estaba apurada —en verdad, como rentista de casi toda la vida, el verdadero apuro era algo que desconocía—, pero la alegró que el conductor abriese otra vez las puertas. Al entrar en su vagón, sin embargo, aquella pequeña y grata sorpresa se diluyó un poco. Había entrevisto a un hombre gigantesco y vestido con una túnica de varios colores introducirse en el vagón contiguo. Hubiese jurado que no quedaba nadie en la plataforma cuando las puertas se cerraron, pero no le preocupaba esa falta de agudeza perceptiva sino más bien lo contrario, el haber percibido muy claramente algo raro y siniestro en aquel hombre. El problema no residía en la túnica: en su vagón había tres sijes con turbantes, una mujer con chador, muchachitos seudopunks de pelo verde y turistas americanos de estrepitosas bermudas, toda una muestra representativa de la fauna londinense, o mejor dicho —para incluir también a las bermudas americanas— de la fauna y flora londinenses. Mrs. Murdoch hizo el signo con que se evita el mal de ojo en cuanto se sentó, pero el momento para ello parecía haber pasado porque ya no le llegaba ningún soplo de maldad.

A diferencia de otros arcontes, de Nelson Floreal y doña Adela, y en particular del difunto Betty, Mrs. Murdoch era una persona religiosa. Se consideraba una bruja buena, y su credulidad se extendía no solo a un Dios creador vagamente cristiano, sino a las peregrinas ideas de Eliphas Levy y Madame Helena Petrovna Blavatsky; hasta creía en los pentagramas y velas negras de Anton LaVey, y hubiese afirmado con absoluta seguridad que Aleister Crowley, al conjurar a Aiwass y escribir su *Liber Legis,* había puesto en peligro a la especie humana. El coronel Murdoch, que durante la guerra explicaba a quien quisiera oírlo que Hitler era un sacerdote de Satanás y figuraba en las *Centurias* de Nostradamus, no había contribuido a introducir una dosis de escepticismo en la afiebrada mente de su esposa.

Cuando se bajó en Green Park para pasar de la Picadilly a la Jubilee Line, Mrs. Murdoch miró hacia el interior del vagón contiguo al suyo, pero no pudo distinguir a ninguna persona anormalmente alta o vestida con una túnica. Unos minutos más tarde, al salir de Bond St. Station y enfrentarse con el bullicio de Oxford St., ya se había olvidado por completo de aquel hombre. De hecho, contagiada por el apuro consumista de la muchedumbre, decidió pasar por Selfridges. Necesitaba medias nuevas.

Mrs. Murdoch podía navegar a ciegas todos los grandes almacenes de Londres: Harrods, Debbenhams, John Lewis, C&A y los demás no tenían secretos para ella, pero Selfridges era su negocio favorito, el que conocía a la perfección. En consecuencia, se encaminó con seguridad hacia la entrada próxima a Duke —la que da al sector lencería— y en unos instantes estaba examinando texturas y comparando colores. Eligió, luego de deliberar quizá demasiado, dos pares de medias blanco hueso y uno borravino. No se hallaba del todo convencida de que alguna vez usaría las borravino, pero la oferta era por tres pares. Mientras extendía el cheque —dieciocho libras, un precio aceptable— se le antojó cenar cordero: tenía repollitos de bruselas para acompañarlo, y aún le quedaba algo de mostaza a la cerveza. Como el cordero era rápido, cuestión de la parrilla del horno, podía pasar por el pub camino de su casa y sin embargo tenerlo listo para cuando comenzara la película de las nueve. En Channel Four daban *No somos ángeles,* que como buena devota de Peter Ustinov ella quería ver otra vez.

Al cruzar el sector perfumes, rumbo al otro extremo de la planta baja y Selfridges Foods, se topó con una escena tristemente graciosa, que la hizo frenarse en seco. Era un visitante típico, uno de esos que sienten vergüenza porque están desnudos en una fiesta o en medio de cualquier grupo grande de personas. La muchacha —se trataba de una muchacha, y de una muy bella, cuyo pelo castaño y lacio le llegaba hasta la mitad de la espalda cuando menos— parecía estar de veras en la vigilia. Miraba a su alrededor aterrada, ruborizándose, y al haberse materializado en un sitio lleno de gente daba la insólita impresión de estar viendo a todos esos extraños en vez de a otros pobladores del sueño. Su escaso vello púbico, bastante más claro que el pelo, lucía como si hubiese sido tratado con henna o manzanilla. El espejismo se disipó cuando una vendedora solícita, notando que tres árabes se habían congregado en torno a un conjunto de *after shave, eau de toilette* y desodorante, atravesó a la muchacha para acercarse a sus promisorios clientes. Mrs. Murdoch retomó entonces su marcha, entristecida. Siempre le había parecido una pena que los arcontes no pudiesen hacer nada por aliviar las angustias de los soñadores, que su trabajo se limitase a ser, a preservar con su mera existencia y conocimientos la integridad del

Cerco. De qué servía, se preguntó como tantas veces, la fama secreta y un poco errónea de que gozaban en algunos círculos —como en aquella tradición hasídica de los *Lamed Vav Tzadikim* o en el gnosticismo antiguo, que los creía malignos— si eran por lo demás impotentes para cambiar el mundo, ignorantes como cualquiera de sus ocultos resortes. Como tantas veces, también, se prometió que en el momento de su muerte intentaría cruzar hacia el otro lado, hacia el Divino Pléroma donde transcurrían los sueños y donde esperaba encontrar todas las respuestas, desde donde Cristo, el Supremo Eón, había venido a la vigilia para redimir a la humanidad.

Mrs. Murdoch tuvo dificultades en hallar costillitas de cordero que le resultasen aceptables; era relativamente tarde para comprar carne, y solo quedaban las más grasientas. Uno de los empleados —cierto adolescente pecoso y no muy brillante, cuyo acné era una tortura de ver— vino por suerte a su auxilio. La conocía bien, y le consiguió cuatro costillitas aún no empaquetadas en celofán y telgopor, que pesó y envolvió con orgullo, como si las hubiese reservado para ella.

Las cuadras que la separaban de su pub le resultaron cansadoras, de modo que fue con verdadero alivio que arribó a la esquina de Mount St. y South Audley. Dentro de The Grosvenor Arms reinaba un murmullo espeso, acogedor como el cuero rojo y sobado de los sillones, el terciopelo de las cortinas y el brillo del estaño. Era uno de los pocos establecimientos de Londres que carecía de rocolas, *flippers* y juegos electrónicos; también era uno de los establecimientos de Londres donde se veían menos rostros negros, amarillos o morenos, pero las cuestiones étnicas y demográficas no se contaban entre las favoritas de la concurrencia habitual. Quizá fuese a causa de esas dos peculiaridades que el inmenso salón nunca parecía llenarse del todo.

Mrs. Murdoch, vagamente consciente de las características del pub —y más vagamente consciente aún de que le gustaba por ellas—, siempre se sentía un poco culpable al principio, antes de que la saludaran y le sirvieran su primera media pinta, pero para cuando acababa su tercera y última se reconciliaba con la idea de pertenecer al lugar. Aquel sábado no fue una excepción, y la secuencia comenzó de la manera apropiada, con la voz de bajo de Derek, el barman oriundo de Leeds que había perdido todo rastro de su acento norteño.

—*Hello there, Mrs. Murdoch. Will it be the usual or are we feeling naughty like last Saturday?*

La pregunta la desconcertó por unos segundos, pero luego entendió que el barman —inclinado hacia adelante, las manos sobre la barra y una amplia sonrisa en el rostro— se estaba refiriendo a los gin tonics que había pedido el sábado anterior.

—*I beg your par...? Oh, last Saturday, no, no, no gin tonic today, Derek, thank you. How are you?*

El intercambio de cortesías prosiguió mientras Derek le bombeaba cerveza, y solo se detuvo cuando ella, con los veinticinco peniques de cambio y media pinta de Watneys, se apartó de la barra. Como su sitio preferido estaba ocupado, eligió un rincón tranquilo junto a una de las puertas, desde donde le pareció que podría tener bajo control cualquier charla o movimiento que despertase su curiosidad. Al poco tiempo, sin embargo, su mesa se llenó de amigos y conocidos, de modo que se vio envuelta en varias conversaciones cruzadas que no le permitieron interesarse mucho por lo que ocurría fuera de aquel círculo íntimo. Cuando se quiso acordar, ya iba por su cuarta media pinta y eran casi las ocho y veinte. Incluso apurando el trago, entre despedidas y bromas tardó otros cinco minutos en salir del pub.

Aunque había bastante luz, la temperatura ya resultaba más primaveral que veraniega. Mrs. Murdoch caminó a paso vivo, ansiosa por poner el cordero en la parrilla y hervir agua para los repollitos: quería comer mirando la película. Apenas puso un pie en la cuadra de su casa, sin embargo, comenzó a llover. Era una lluvia helada y grisácea, y cuando Mrs. Murdoch miró hacia atrás para cerciorarse de que no estaba alucinando, hacia Grosvenor Square y el Roosevelt Memorial, comprobó con horror —a través del viento furioso y los latigazos del agua— que el sol aún iluminaba el techo de la embajada americana. Del otro lado de la calle, en un atardecer perfecto, el follaje casi ni se movía. Una solitaria pareja cruzaba Grosvenor Square, disfrutando de la calma que solía envolver a esa parte de la ciudad durante el fin de semana.

Mrs. Murdoch cometió un solo error, que fue correr hacia su casa —hacia el centro de la tormenta— y no en la dirección contraria. El Alto Comisionado de Malawi, con sus tres escalones y barandas de metal frente a la puerta, le impedía ver la entrada de 32 Grosvenor St., donde el prófugo la estaba esperando cuando ella llegó con las llaves en la mano. Casi no tuvo tiempo de sorprenderse, porque dos dedos le reventaron sus ojos grises y luego tiraron de las cuencas, destrozándole los pómulos con una fuerza inconcebible. El cuerpo ya sin rostro tardó bastante en morir, pero en toda su larga agonía Mrs. Murdoch fue incapaz de concentrarse en enviar su espíritu hacia el Divino Pléroma.

A miles de kilómetros de Londres, pero en el mismo momento en que Mrs. Murdoch salía de la Tate Gallery, Nelson Floreal despertó a su madre, que como de costumbre se había quedado dormida en la silla después de almorzar. Como los arcontes no sueñan, sino que al dormirse caen en ese sopor profundo que ocupa solo parte del reposo de la gente común, se despiertan más lúcidos, pero también tardan más en recuperar la motricidad fina y el completo control de sus músculos. En el caso de doña Adela, su hemiplejia no contribuía al proceso, y la anciana necesitaba un buen cuarto de hora para volver a usar los pocos músculos de que disponía.

Nelson Floreal, una vez que consiguió que ella abriese los ojos, le tomó con sumo cuidado la mano izquierda —una garra marrón, llena de pecas y venas abultadas— y se la puso sobre el borde de la mesa, abriéndole los dedos para que pudiese afirmarla y hacer como que lo ayudaba. Aunque la ceremonia era siempre la misma, siempre deprimente, aquel sábado el tarotista la estaba sufriendo con menos paciencia que de costumbre. El hecho de tener que apurar a su madre, transportarla a la cama lo antes posible para después salir y dejarla sola, requería de una entereza que no se contaba entre sus virtudes. Doña Adela había insistido en que fuera él quien instruyese a Inés, de modo que desde el miércoles anterior Nelson Floreal había estado yendo todas las tardes a San Telmo, para enseñarle a su discípula los misterios durante las horas muertas del restaurante. Alberto, que no deseaba involucrarse en los asuntos de los arcontes, y mucho menos sumarse a su número, aprendía mientras tanto las maneras —ni muchas ni muy eficientes— de repeler un ataque del prófugo.

Nelson Floreal le agregó un poco de Mirinda Naranja a su vino, que luego bebió de un solo y largo trago. Deseaba fumar otro cigarrito de los que le había obsequiado Alberto, pero en vez de sucumbir a ese impulso vació su boquilla golpeándola contra el borde del cenicero. El mensaje de doña Adela le llegó después de que hubiese guardado la boquilla dentro de la lata de Café Crème, mientras se estaba levantando el pulóver para guardar la lata en el bolsillo de la camisa.

—¿Qué te pasa, hijo? Vas a llegar tarde.

El tarotista miró a su madre. No ignoraba que el camisón de franela, las varices, el bulto del pañal geriátrico la hacían parecer más débil e indefensa de lo que realmente era, pero también sabía que la responsabilidad de cerrar la brecha iba a acelerar el fin de la anciana, que si él sobrevivía se iba a quedar solo. Para contener las lágrimas, apartó la vista de su madre y la dejó vagar por el living comedor. Aquella habitación, que de ordinario lo llenaba de orgullo, se le antojó tan triste como las pensiones en que habían vivido durante tantos años. Todo, desde los recuerdos de Mar del Plata y Bariloche —un lobo marino de plástico, un cuadro del Nahuel Huapi de esos que parecen tridimensionales— hasta su famoso espejo con los signos del zodiaco y las postales londinenses de Mrs. Murdoch, era de pronto patético y miserable, se asemejaba a ciertas fotos que la gente hereda y guarda —ese de atrás, ¿no es el abuelo Pedro de joven?— pese a no reconocer a nadie en ellas. Pensó, por algún motivo, en las prostitutas a las que acudía de cuando en cuando, las que llevaba de plaza Once a un albergue transitorio de la calle Urquiza, muy recomendado por Atilio.

—Hijo.

Nelson Floreal volvió a desear, con mucha fuerza, otro cigarrito.

—Ya va. ¿Estás segura del plan? Digo, porque a mí, bueno, la verdad que me parece un riesgo.

El plan era de doña Adela, y sencillo. Consistía en esperar hasta que Inés, su sucesora designada, estuviese lista para ocupar su sitio entre los arcontes si algo le ocurría; luego ella y Nelson Floreal, que ya ocupaba el de Betty, saldrían al Cerco, en busca del prófugo y la brecha.

—¿Se te ocurre algo mejor?

—Mamá, vos nunca te enfrentaste con un prófugo. Incluso suponiendo que es verdad que tiene que salir al Cerco a cada rato, para recuperar fuerzas, ¿qué vamos a hacer cuando lo encontremos, decirle fuera, malo, fuera? Además, mientras nosotros esperamos a que Inés esté lista, la madre de ella corre peligro, Alberto corre peligro, y por lo que sé hasta las amigas del primario que no volvió a ver nunca en la vida corren peligro.

Doña Adela detestaba tres cosas de su hijo: que hubiese adoptado modismos porteños, que se tiñese el pelo y que le respondiese en voz alta cuando se estaban comunicando del otro modo.

Esas tres particularidades, en las raras ocasiones en que Nelson Floreal tenía un rapto de independencia, la irritaban sobremanera, y la vincha naranja que llevaba el tarotista aquella tarde solo servía para irritarla aún más. La anciana cerró los ojos un instante, conteniendo su furia y la tentación de reprocharle todas esas fallas.

—La madre no creo que corra peligro: Inés no le tiene mucho afecto que digamos, eso salta a la vista. El muchacho Alberto sí, pero por lo que me contás parece un tipo sensato. Hasta me parece sensato que no haya querido venir a verme, cuanto menos sepa, mejor para él.

Nelson Floreal, que estimaba mucho a Alberto y se había desilusionado con su negativa a saber de los misterios, se sirvió más Mirinda —no quedaba vino— y resopló de impaciencia.

—Mamá, mamá, el problema es qué vamos a hacer cuando encontremos al prófugo. ¿Qué vamos a hacer, eh?

—No me repitas las cosas, que estaré postrada pero no soy sorda. El Dr. Eustaquio…

—¡Y dale con el Dr. Eustaquio! ¡El Dr. Eustaquio no vio un prófugo en su puta vida!

El rubor del tarotista, que nunca le hablaba así a su madre, se notó a través de su piel morena, pese a ella.

—Perdoname, mamá. Lo que pasa que el mayor problema que el Dr. Eustaquio tuvo en su vida fueron las botellas de fernet y de ginebra. ¿Me entendés lo que te digo? Nuestro problema es un poco distinto.

Doña Adela volvió a cerrar los ojos un instante. Esa segunda vez, los reproches que se guardó no tenían como destinatario a su hijo.

—¿Te conté lo que el Dr. Eustaquio pensaba acerca de los arcontes?

Nelson Floreal bebió un sorbo de Mirinda, tibia, y se dio por vencido. Había estado escuchando las ilustres opiniones del Dr. Eustaquio desde siempre.

—No, no me contaste.

—Él pensaba que hace millones de años, cuando la gente vivía en cuevas y era primitiva, no había Cerco ni nada por el estilo. No había ni Pléroma ni vigilia, era todo lo mismo, era… como les pasa a los animales, que a veces ven a los prófugos y a los visitantes y a veces no, y cuando los ven a veces los distinguen de las personas o las cosas que son de acá y a veces no. Nosotros, digo los arcontes, fuimos los que creamos El Cerco, y El Cerco es lo que hace posible la racionald…

—La racionalidad.

—La racionalidad, la técnica. El progreso, ¿no? Ningún prófugo se puede resistir a dos arcontes juntos, a nosotros dos juntos.

—El huevo y la gallina.

—¿Qué?

Nelson Floreal no había dicho eso en voz alta. Le molestó que su madre le leyera la mente —otro truco nuevo de la anciana—, pero como deseaba terminar con la discusión no desarrolló su argumento, tantas veces ensayado y que le parecía tan dañino para la hipótesis del Dr. Eustaquio: si El Cerco era imposible sin arcontes, y los arcontes imposibles sin la racionalidad que solo garantizaba El Cerco, las prioridades se anulaban entre sí.

—Que está bien, mamá. Hagamos lo que proponés, supongo que no nos queda otra. ¿Te llevo a la cama, entonces?

Cinco minutos más tarde, el tarotista estaba echándole un último vistazo al cuarto de doña Adela, verificando que ella tuviese ciertas comodidades mínimas durante su ausencia. Le preocupaba que el teléfono, la botella de agua, el control remoto y un paquete de Criollitas le quedasen realmente al alcance de la mano, sobre el piso, la cama o la mesita de luz.

—¿Necesitás alguna otra cosa?

Doña Adela estuvo a punto de pedirle que encendiera el televisor y se lo dejase en piloto, pero luego decidió que más tarde lo intentaría ella desde donde estaba. Quería averiguar si era capaz de hacer cosas como ponerlo en piloto o cambiar de canal.

—Nada. Que vuelvas pronto.

El tarotista se despidió de su madre como acostumbraba, dándole un beso en cada mejilla.

Turco y Colita lo siguieron, con ladridos y saltos, hasta el living comedor, donde terminó su Mirinda. No solo estaba tibia y era muy poca, sino que también había perdido el gas. Le resultó difícil impedir que los perros, excitados por su partida —que suponían significaba un paseo para ellos—, saliesen a la calle con él.

Doña Adela, cuya siesta de después del almuerzo había sido brevísima, se durmió al poco tiempo. Quizá a causa de la comodidad de la cama, o porque sus nuevos poderes minaban aún más su debilitado organismo, durmió largamente, hasta que en el lejano Londres Mrs. Murdoch terminó su inusual y cuarta media pinta y les dijo adiós a sus amigos de The Grosvenor Arms. Al despertar no abrió los ojos, sino que se concentró en encender el televisor. Eso fue sencillo, y casi de inmediato escuchó las estridencias de un programa de los sábados, puro juegos e histéricos gritos adolescentes. Descubrió que podía cambiar de canales con idéntica facilidad, pero que era incapaz de poner el aparato en piloto, de modo que tras una serie de intentos infructuosos lo volvió a apagar. Entonces escuchó la voz, la querida voz del pasado.

> Siadelí-ta sefué-ra con ó-tro, laseguí-rí-a por tié-rra y por már, sipormár en unbú-que de gué-rra, siportié-rra en un trén mi-li-tár…

El Dr. Eustaquio solía cantarle, medio en broma, esa tonada clásica de la Revolución mexicana. Y allí estaba el Dr. Eustaquio, con su arrugado traje de lino blanco —briznas de tabaco en las solapas— y su panamá antediluviano. Por primera vez en años, doña Adela articuló con absoluta claridad unas palabras.

—¿Mi amor…?

La voz que le respondió fue la misma, cascada y dulce, que le había cantado antes, pero no fue dulce lo que dijo.

—¿Sabe, doña Adela? Hace mucho puedo adoptar casi cualquier forma aparte de las que me asignó Inés en sus sueños, no soy siempre su padre o el gigante de la pierna mala. Además, bajo la forma que he elegido para encarnarme definitivamente, ni los animales me ven como un prófugo… Me parece que le voy a ganar la partida.

Mientras estaba teniendo su paro cardiaco, doña Adela percibió el pánico de Turco y Colita, y a través del Cerco la muerte de Mrs. Murdoch. Recordó, también, el sentido de una palabra que el Dr. Eustaquio había empleado con frecuencia al hablar de los prófugos. «Bilocación» era cuando alguien tenía la capacidad de aparecer en dos sitios distantes entre sí, como Londres y Buenos Aires, al mismo tiempo.

Cosas peores

I

Mamá llegó del campo el día que enterraron a doña Adela. Como me quedé a esperarla —nunca le di la llave, y gracias que le prestaba una copia cuando venía de visita—, finalmente no hice a tiempo de ir al cementerio: mi adorada madre se las arregló para pinchar una goma en San Justo, pero desde ya que ni se le ocurrió usar un teléfono público para avisarme de la demora. Era el segundo entierro que me perdía en lo que iba del mes, el segundo del que temía ser la causa. Nelson Floreal afirmaba que la muerte de doña Adela no había tenido nada que ver con el prófugo, y por ende nada que ver conmigo. Yo no estaba tan segura. Supongo que no es raro que alguien tenga un ataque al corazón mientras duerme, pero la anciana me había parecido el tipo de persona capaz de postergar la propia muerte con tal de llevar a cabo algo que se ha propuesto.

Debían ser las once menos cuarto —el entierro era a las diez— cuando mamá me disparó a través del portero eléctrico sus incoherencias acerca de la pinchadura, una gomería en San Justo y lo mal que andaba el tráfico porteño. Mientras bajaba al subsuelo a ayudarla con las valijas, furiosa por su irreparable tardanza, decidí que ya estaba harta de alquilar una cochera de mi bolsillo para las pocas veces que mamá transportaba su Peugeot y su vaporosa persona hasta Buenos Aires. También temía que repitiese sus intentos de consolarme por la pérdida de mi novio —seguramente iba a emplear esa maldita palabra—, cosa que había estado haciendo larga distancia desde Pirovano, donde por cierto no olvidaba la utilidad del teléfono en casos de emergencia.

Nos besamos con un histrionismo notable, dando grititos de alborozo y muestras de afecto dignas de una mayor sinceridad. Mamá tiene cincuenta y un años y conserva toda su belleza; de hecho, nos parecemos mucho, y si yo me pintase como una puerta, bañase en Opium y usase el pelo *carrée,* creo que Martín, que es a la vez su amante y el administrador del campo, tendría graves problemas para distinguirnos. Mi ilustre progenitora nunca me perdonó que yo fuese tan atractiva como ella, o dicho de otro modo, que yo fuese potencialmente, con el correr de los años, más atractiva que ella.

—Ay, querida, qué tragedia lo de tu novio. Y yo que no pude venir enseguida, como me hubiera gustado. No sabés: el campo está hecho un desastre, todavía no nos repusimos de las inundaciones del 91… Pero bueno, no te voy a hablar de la cosecha, la Rural ni de los créditos que sacamos, todas esas cosas que te aburren. ¿Cómo estás vos? ¿A ver…?

Mientras mamá me tomaba de las manos y retrocedía un paso para observarme de cuerpo entero, en apariencia sin percibir el contraste entre su pregunta por mi estado de ánimo y su preocupación por mi indumentaria y aspecto físico, sentí que comenzaba a apabullarme como cuando era chica. Me constaba que debía dejar pasar sus críticas hacia mi desinterés por el campo o contestarle en seguida algo hiriente, pero los dos impulsos se cancelaban entre sí, dejándome frustrada y llena de furia.

—Estoy bien. Dale, subamos, así te acomodás. ¿Martín qué cuenta?

—Tapado de trabajo, pobre. ¿Te dije que Márgara se casa con Venancio Taccone, de los Taccone de La Rosita?

El boletín del pueblo siguió transmitiendo durante todo el viaje en ascensor; mamá se acordó de su honda pena por el deceso de Leopoldo solo después de que yo hubiese abierto la puerta del departamento y arrojado la valija que llevaba —la más grande— sobre el sofá.

—No puedo creer lo que estoy haciendo. Yo contándote los chismes de Pirovano y vos... Las que debés haber pasado, mi vida...

Mamá me abrazó, tomándome la cabeza con una mano como para apoyarla sobre su hombro. Vista de afuera, la escena debe haber sido bastante ridícula, porque yo me resistí instintivamente, y hubo unos segundos de estúpido tira y afloja. Ella se rindió primero. Cuando me retiró el abrazo, percibí que se había ruborizado, pero su autocontrol convirtió a aquel despliegue emocional en algo tan breve que cualquier otra persona lo hubiese supuesto una ilusión óptica. Sospecho que me compadecí de mi madre —que me compadezco de ella ahora, aunque no la quiero y quizá nunca la quise—, ya que pensé entonces, por primera vez y asombrádome de mi torpeza, en los riesgos que ella también corría. Por suerte la materia descartada del prófugo solo era visible desde El Cerco: maniobrar a través de los sobrentendidos y agresiones de una charla con mamá viendo aquello, que la descripción de Nelson Floreal no pintaba como muy agradable que digamos, hubiese sido un verdadero infierno.

—La familia de Leopoldo, francamente, se portó como la mona. Y eso que tuviste que encargarte vos sola de traer de vuelta el... el...

—Cuerpo, mamá. Cadáver. No estaba sola, porque la hermana de Leo viajó a Cuba, te acordás que te dije... Pero sí, no se portaron muy bien. Se portaron como los cretinos que son.

—Qué cosa, che, la gente. El suicidio de ese muchacho, justo una vez que te llevás bien con alguien. Te juro que no entiendo.

Contenerme me resultó imposible. Recordé cómo ella solía flirtear con Ricardo, mi ex, y los cuernos que le metía a papá. (Es cierto que él también la engañaba de un modo escandaloso, pero me gusta creer que sus infidelidades tenían el abandono de la desesperación, eran una respuesta a las aventuras de su esposa).

—Mirá: tampoco es que nos íbamos a casar, hacía muy poco que estábamos juntos. Así que si querés pasar dos semanas agradables mejor no hablemos del tema. Y sobre todo no me escorches con que cuándo Leo empezó a tomar tanto, si yo no me había dado cuenta y demás, que ya bastante escorchaste por teléfono.

—Está bien, está bien... Qué carácter. Igualita que tu viejo, ¿eh?

Casi la estrangulo, tan obvio era su tono de satisfacción por haberme hecho explotar como siempre. Creo que la discusión hubiese seguido, y para terminar muy mal, si no fuera porque Nancy golpeó a la puerta, que ni habíamos cerrado.

—Permisoo... ¿Se puede?

Las presenté, penosamente consciente del desprecio que mamá sintió de inmediato hacia mi vecina. Nancy llevaba unos jeans tan feos que bien podrían haber sido los viejos Far West de los años sesenta y setenta, y para colmo de males se había puesto un pulóver escote en v ajustado, amarillo patito. El contraste entre su aspecto y el de mamá —conjunto marrón claro, esmalte de uñas terracota y lápiz de labios del mismo color— parecía obra de un pésimo director de teatro, de esos que creen que sin énfasis el público no entiende nada. Nancy traía una pyrex tapada con papel metálico, lo cual me llenó de espanto. Desde una vez que los había invitado a ella y a su marido a Picante, insistía en ofrecerme muestras de su cocina, que no era ni sabrosa ni baja en calorías.

—Inés, mirá, hice un bizcochuelo con dulce de leche, pero te traje un pedazo chiquitito. ¿No querés que baje a buscar más, así alcanza también para tu mamá?

—Por favor, no se moleste. Estoy a dieta.

El tono despectivo de mi adorada madre era atroz, pero Nancy estaba tan fascinada con ella, a la que seguramente creía el epítome de la finura, que no se dio por aludida. Siempre pasaba lo mismo; del millón de veces que yo había visto a mamá comportarse de un modo horrible, sobre todo con personas de otra clase social, recuerdo muy pocas en que la hayan mandado al diablo. Papá hasta decía que no le preocupaba quedarse sin plata, porque su mujer era capaz de conseguir que los peones trabajasen gratis, por el solo privilegio de que ella los humillara e insultase.

—¿Seguro? No me cuesta nada, vivo en el piso de abajo. Y la verdad que usted... Bueno, mírese al espejo. Se ve bárbara, no creo que le haga falta hacer dieta.

La semisonrisa de mamá, que no se dignó contestar, rezumaba asco. Intenté borrársela de la cara, con relativo éxito.

—Es que ella se cuida mucho. Aunque no lo creas, anda por los cincuenta y dos.

—Cincuenta y uno, corazón. Cincuenta y uno.

Una hora después de que Nancy se hubiese ido, mamá y yo salimos del edificio rumbo a Picante. Ella se había instalado en mi estudio y luego bañado en medio de un largo, rencoroso silencio. Para castigarme por mi indiscreción acerca de su edad, eligió vestirse de jeans, mocasines y pulóver de cuello redondo, atuendo que se aproximaba al que yo tenía puesto. Y en cuanto recuperó el habla, que fue más o menos cuando llegamos a la esquina de Defensa, la emprendió con el tópico favorito de algunas personas que me conocen, la fealdad del edificio en que vivo. No le resultó, porque puedo contestar a eso en automático.

—Ya sé que el edificio es un horror, mamá. Hice unos años de Arquitectura, ¿te acordás? Lo que pasa que quería una buena vista al río, y para Libertador no me alcanzaba la plata.

—Me podrías haber pedido... Después de todo, te corresponde.

—Sí, pero tampoco es que me fascina Libertador. Y me queda un poquito lejos del restaurante. No te preocupes, más adelante te voy a pedir plata, pero para comprarme una casa grande aquí en San Telmo.

Cuando entramos a Picante, Max estaba reprendiendo al lavacopas. Enarbolaba un vaso de whisky, que sacudía frente a los ojos del muchacho como para demostrarle su perfidia. El movimiento era contraproducente, ya que no le permitía al culpable distinguir con claridad la grasa o las motas de polvo que tanto indignaban al maître. Nuestra llegada interrumpió la rutina, y salvó al lavacopas de otros cinco minutos de barrocas recriminaciones. A Max le encantó vernos, o mejor dicho le encantó vernos disfrazadas de hermanitas; su sonrisa fue tan infantil y maliciosa, tan obvio era su deseo de correr hacia la cocina con el chisme, que no pude enojarme con él. Le pedí una copa de champagne para la hermana mayor y un mojito para la menor, pero la imagen de Leopoldo que el trago evocaba me hizo cambiar de idea. No tenía intenciones de ponerme a lloriquear frente a mamá.

—Max…, disculpame, me parece que prefiero un bloody mary de gin. Con bastante salsa inglesa.

—Ningún problema, enseguidita. ¿Van a comer?

Aún había pocos clientes, de modo que decidí sentarme a almorzar. Cuando me volví hacia mamá, interrogándola en silencio con la mirada, no sabía en qué me estaba metiendo. Ella probó el champagne antes de contestar.

—Algo liviano.

—¿Muy liviano? Porque tenemos esta ensalada que me encanta…

—Dale, vos sos la gran cocinera.

—Max, traeme la de porotos colorados. Oliva y aceto balsámico, yo la preparo.

—¿Porotos?

—No es solo de porotos, no te asustes. Lleva escarola, *radiccio,* aceitunas verdes y rabanitos. Se condimenta con sal, albahaca y una pizca de pimienta negra.

Max me avisó recién entonces que Alberto ya había regresado, trayendo consigo a Nelson Floreal. Estaban a punto de almorzar, lo que implicaba que en el lapso de unas pocas horas mamá iba a haber juntado figuritas —primero Nancy, luego el tarotista— como para torturarme durante meses por mis raras y nuevas amistades.

No me equivoqué. El almuerzo fue terrible, aunque por fortuna Nelson Floreal había trocado su típico disfraz de manosanta por el luto. Sin vinchas ni medallones casi se asemejaba a una persona común, y eso retardó un poco la ofensiva de mamá. También ayudó el modo en que estuvo jugueteando, inapetente y triste, con las milanesitas de lomo que le había pedido Alberto. Cuando terminó su primera botella chica de Valmont, sin embargo, y buscó mis ojos como para saber si le permitiríamos otra —mi socio no había querido acompañarlo con el vino, y estaba tomando Villavicencio—, mamá juzgó que había llegado el momento de incomodarlo e incomodarnos.

—¿A qué se dedica usted, Nelson?

El tarotista, aunque la pregunta lo debe haber tomado por sorpresa, procuró asumir un aire de absoluta naturalidad. Su fracaso fue estrepitoso, como lo hubiera sido incluso si no acabara de enterrar a su madre.

—Bueno, estoy en el rubro... Ayuda espiritual, ¿sabe?

—Ahá.

Intervine ofreciéndole una segunda botella al invitado, pero mamá volvió a la carga en cuanto Max se retiró con el pedido.

—¿Y a qué llama exactamente «ayuda espiritual»?

—Y... Tiro las cartas, doy consejos, esas cosas.

Mamá me miró de reojo, con una sonrisa socarrona y encantada de haber hallado semejante perla. Yo me toqué la nariz hasta que Alberto entendió que necesitaba un respiro.

—Pero qué interesante. Fíjese que mi hija siempre se burló de que yo consultara el horóscopo. Es tan materialista, mi Inesita.

—Ah, Inés. En mi cuarto tengo los menúes nuevos. ¿Te los traigo?

Vacilé por unos instantes, insegura de si recordaba dónde metía Alberto la cocaína.

—Dejá, voy yo misma. Vos terminá tu ceviche tranquilo.

Antes de que las puertas de la cocina se cerraran a mis espaldas, pude escuchar cómo mamá le pedía a Nelson Floreal que le leyese las manos. No estaba gritando, pero el sarcasmo de su voz parecía llenar todo el comedor.

En el cuarto de Alberto me topé, para mi gran sorpresa, si bien no con «los menúes nuevos», con que la lista de tragos que pensábamos añadir a la carta —una hoja aparte, para intercalar— ya estaba impresa. Temí que mi estimado socio no hubiese comprendido mi gesto, pero apenas saqué el tercer video, empezando de la izquierda, del último estante de la biblioteca chica, su escaso peso me confirmó la inteligencia de Alberto. No contenía una película, sino el esperado papelito y un canuto de Bic.

Piqué sobre la misma caja del video dos líneas urgentes y prolongadas que inhalé en sucesión, sin cambiar el canuto de narina. Solo más tarde, mientras limpiaba la caja con un dedo y me lo pasaba por las encías, disfrutando del efecto anestésico de la droga, reparé en el título del video, que un mediocre arte gráfico no invitaba a leer. Era *Candyman,* una de las pocas películas de terror —de entre las muchas que me hacía ver Alberto— que me habían gustado realmente en los últimos tiempos. Recordé que Leopoldo, Alberto y yo la habíamos visto allí, en ese mismo cuarto, poco antes del viaje a Cuba, cuando mi única preocupación era que los celos mutuos de ellos no desembocasen en una escena ridícula y violenta. De pronto me invadió el odio, una furia avasalladora barrió con mi angustia y con la molestia por la visita de mi madre. Me sentí como la persona a quien le dicen que padece de una enfermedad sin cura: lloré lágrimas de sordo resentimiento, incapaz de aceptar la muerte de Leopoldo y el estrafalario rol de arconte que me había tocado por la muerte de doña Adela. Estaba a punto de gritar, de emitir un alarido primario y desprovisto de palabras, cuando se hicieron presentes mis ya viejas amistades, el olor y el frío característicos del prófugo. Eso me serenó como nada, y durante el medio minuto —no puede haber sido más— que persistió el fenómeno apreté tanto los puños que me saqué sangre de las palmas. Tardé otro medio minuto en moverme, y para cuando lo hice no había parte del cuerpo que no me doliera de la tensión. Me lavé las manos, adornadas cada una con cuatro marcas semicirculares, en el baño de Alberto, y retorné al comedor casi a las corridas, como si la compañía de otras personas pudiese protegerme de aquella amenaza. Ni mamá ni Alberto notaron mi palidez —que yo había visto en el espejo del baño—, pero Nelson Floreal, cuya mirada al principio fue un pedido de ayuda, rápidamente cambió su expresión de cordero degollado por una de compungida alarma. Cerré un segundo los ojos y moví apenas la cabeza como para negar algo, indicándole que no se preocupara.

Mamá estaba hablando de la gata.

—¿... No me dijiste? Me contó Alberto, yo pensé que no la había visto porque andaba..., qué sé yo, debajo de la cama. Pobre Azucena, tan linda que era. Y si no la encontraron en el edificio debe ser que se escapó a la calle, ¿no?

—Calculo, sí.

—Andás con una mala suerte, corazón..., que da miedo.

La frase de mamá me dio una idea para justificar la presencia del tarotista entre nosotros. Nunca sabré si me creyó del todo, pero por lo menos la tomó como no del todo improbable viniendo de su extraña y ciclotímica hija.

—Por eso me puse en contacto con Nelson Floreal; quiero que me ayude.

—¿Que te ayude a encontrar a la gata?

El divino de Alberto entendió al instante, y en el lapso que le llevó a mamá girar la cabeza hacia el tarotista, incrédula, ya estaba machacando sobre mi espléndida idea.

—No, no, Marta, que la ayude con sus dotes... especiales... a superar esta mala racha.

El modo en que mi socio movió las manos en círculo, buscando la palabra «especiales», fue digno de ver; Nelson

Floreal, que de pronto recuperó una dignidad insospechada, tampoco se quedó atrás.

—La señorita Inés ha requerido de mis servicios.

El resto del almuerzo transcurrió en calma, mientras mamá sopesaba las ventajas y desventajas de que yo me involucrase con curanderos. Cuando la acompañé a la puerta, sin embargo, y me despedí de ella hasta la noche —iba a pasar por casa un rato y luego a encontrarse con amigas en el Florida Garden—, casi consiguió sacarme de las casillas otra vez. Tiempo atrás se le había metido en la cabeza que Alberto y yo teníamos que casarnos, y su modo de apurar el trámite era bastante perverso, porque consistía en tratar de ponerme celosa dudando de la orientación sexual de mi socio. Debo reconocer que me asombró, incluso viniendo de mi madre, que volviera a ese tema favorito suyo tan poco tiempo después de la muerte de Leopoldo.

—Bueno, querida, lo del uruguayo…, qué sé yo, dejémoslo ahí. Pero Alberto está cada día más «María Luisa, alcanzame la polvera». Me compadezco de los padres, te juro. Hacen una parejita, con ese Max…

En otras circunstancias me hubiese reído de su arcaica expresión e increíble falta de memoria, pero por lo menos sirvieron para que no le contestara mal.

—Te dije mil veces que Alberto no es gay, le conozco varias chicas. El problema es que las trata horrible, por eso no le duran. Y los padres murieron hace siglos, ¿te acordás?

Mamá no se acordaba, cosa que disimuló muy bien.

A pesar de que era lunes, la caja del mediodía arrojó una cifra bastante alta. Para cuando terminé de hacerla serían las seis, seis y pico, de modo que los últimos clientes deben haberse ido a eso de las cinco. Recuerdo que Max y los mozos almorzaron en medio de un silencio poco común, cansados del primer tirón de la jornada y seguramente rogando que el segundo no fuese el doble de agotador. Nelson Floreal, a quien le había contado a los apurones mi breve contacto con lo que él llamaba «los atributos» del prófugo, estaba nerviosísimo. Como me di cuenta de que quería comunicarme algo importante pero no sabía en qué términos ponerlo —de tanto en tanto abría la boca solo para cerrarla otra vez—, exageré mi propio nerviosismo y fui directa al grano.

—¿Y? ¿Qué plan tenemos ahora? Porque nunca me dijo cómo era el plan A, pero me juego que sin doña Adela nos toca el B.

—Inés…

Silencié a Alberto, que había pronunciado mi nombre a modo de reproche, con un nervioso gesto de la mano. Mi intención era precisamente la que él deploraba, ser agresiva para conseguir que Nelson Floreal se decidiese. El tarotista comprendió. Con sus ojos fijos en los míos —nunca antes me había fijado de verdad en ellos: eran azul plomo, lindísimos y poco congruentes con su persona—, le preguntó a Alberto si podía dejarnos solos unos minutos. Creo que a mi socio le molestó ser excluido, pese a que él mismo había manifestado que no deseaba saber de misterios ni arcontes.

—Seguro… Yo de paso me voy al video, que a esta hora empieza a venir el malón y Marisa no da abasto.

Cuando Alberto ya se estaba dando vuelta para dirigirse hacia la salida, el tarotista lo tomó del brazo.

—¿Qué día es que cierran, el martes?

—Sí. ¿Por?

—Porque el martes a la noche, no este sino el que viene, le voy a pedir que siga ciertas instrucciones al pie de la letra.

—¿Qué instrucciones?

—No importa qué instrucciones. ¿Podrá? Después de hablar con Inés le cuento más.

—Claro. Cualquier cosa que necesiten..., me dice.

Nelson Floreal no quiso quedarse en la oficina, por lo que nos pasamos al cuarto de Alberto. Pese a que la suya era una precaución razonable, y apuntaba a que mis empleados no escucharan nuestro diálogo —que los hubiese llevado a creerme loca o renunciar por miedo a la macumba—, me molestó un poquito, sobre todo después de la homofobia de mamá. Era evidente que el tarotista detestaba a Max, o más bien que Max le producía cierta repugnancia; no es que lo hubiese mencionado, pero bastaba con fijarse en las miradas furtivas que le dirigía o en cómo evitaba cualquier contacto físico con el maître.

Apenas se sentó sobre el sofá, Nelson Floreal empezó a forcejear con el cuello de su camisa. Le quedaba chico, y para desabrochar el tiránico primer botón tenía que emplear ambas manos y mover los brazos como si estuviese imitando a una gallina. La lucha del hombre contra la camisa amenazaba con prolongarse indefinidamente, de modo que le ofrecí ayuda. Aparte de casi estrangularlo, me rompí una uña, pero a la larga conseguí quitarle aquel cepo. Mientras él procedía a sacarse la corbata, sin embargo —una finita y gris, con un solo y diminuto motivo en celeste, de esas de rayón que estaban de moda en los cincuenta—, se redimió de lo patético y anacrónico de su indumentaria. Siempre era así con Nelson Floreal: cuando una ya estaba a punto de considerarlo un don nadie, salía con algo que impresionaba de veras.

—Discúlpeme, Inés. Yo no soy como la señora Marta, lo que pasa que Max me pone incómodo. Le juro que no lo hago a propósito, pero si nos quedábamos en la oficina seguro que él iba a estar entrando y saliendo a cada rato.

Dejé de chuparme el dedo afectado para enrojecer de pies a cabeza, como haría cualquier persona normal que se topase con alguien capaz de leer los pensamientos.

—Pero ¿cómo... cómo sabe...?

El tarotista se guardó la corbata en el bolsillo del saco y me sonrió tímidamente.

—No se preocupe. Ni lo controlo ni me pasa todo el tiempo, y hay personas con las que parece que no me pasa nunca, sin ir más lejos Alberto. Pero mis poderes han crecido mucho, eso es indudable. Casi diría que aparte de mamá...

—¡Murió otro arconte!

—Es muy posible. La felicito, está aprendiendo rápido de veras.

Sé que es ridículo, pero aunque mi conjetura no constituía motivo de alborozo, me encantó que el tarotista alabara mi perspicacia y buena memoria de sus lecciones. Me senté junto a él, con las rodillas juntas y en pose de alumna aplicada, y le dejé prenderse un cigarrillo antes de continuar.

—¿Y por qué..., digo, para estar seguros..., no se comunica con los demás?

—Porque no tenemos plan B, y necesito ahorrar fuerzas. Vamos a hacer exactamente lo mismo que pensaba mamá, pero con usted en lugar de ella.

Nelson Floreal apartó la vista de mí unos segundos. La breve pausa —el hecho de estar por comunicarme un mandato de doña Adela— debe haberle proporcionado el coraje que le faltaba, porque luego me anunció su decisión en voz bien firme.

—El martes a la noche vamos a salir los dos al Cerco, a cerrar la brecha.

—¿Le parece que estoy preparada?

El tarotista mordió la boquilla, con lo cual la brasa se le acercó peligrosamente al ojo izquierdo. Eso le daba aspecto de rufián, o mejor dicho se lo hubiera dado si el estereotipo mandase a los rufianes llevar el pelo raya al medio, muy largo y teñidísimo.

—No, no está preparada. Anoche soñó. Pero el martes va a estar preparada sí o sí.

Supongo que le debería haber preguntado entonces qué íbamos a hacer una vez en El Cerco —que debería haber argumentado en contra de esa desastrosa idea—, pero la mención del sueño me irritó.

—No soñé. Hace días que no sueño, creo que ya lo puedo controlar bastante bien.

—Salvo por el perro de los dientes negros, ¿no?

El sueño —desagradable y todo, no llegaba a ser una pesadilla— se me había borrado de la memoria, pero en cuanto Nelson Floreal dijo «dientes negros» lo recuperé íntegro. El tarotista me dejó revivirlo, abrir los ojos bien grandes no para distinguir mejor sus rasgos y el cuarto de Alberto sino para concentrarme en mi visión interna, esa película Super-8, imprecisa y amateur, que el cerebro siempre se resiste a proyectarnos con claridad. Lo había tenido a la madrugada, horas antes de despertarme.

Comenzaba en la puerta del Chrysler Building, del que yo estaba saliendo tras haber comprado la edición dominical de *Página/12*. El detalle de que vendieran el diario allí no me resultaba extraño, pero al caminar por 42 hacia la Séptima Avenida —buscaba un sitio donde sentarme a leer, y me había decidido a favor de Bryant Park y en contra de la placita de Tudor City— caía en la cuenta de que estaba soñando. La 42 se había transformado en una especie de resumen arquitectónico, no solo de Nueva York sino del siglo veinte: junto a Grand Central, por ejemplo, estaba el edificio más sobrevalorado del modernismo, el Pabellón Alemán que construyó Mies van der Rohe para la Feria de Barcelona de 1929, y a pocos pasos se alzaba la torre Hancock, cuyas antenas le guiñaban de un modo obsceno al Woolworth, su altura disminuida por aquella proximidad. Como ocurre a veces, saber que soñaba no era suficiente para liberarme de la trama del sueño, y apenas si mitigaba un poco la angustia. Ante la biblioteca pública de Nueva York —pese al número de edificios, parecía haber solo media cuadra entre el Chrysler y ella—, me detenía a constatar que la entrada había adquirido varios leones nuevos. Eran de una piedra rojiza, y estaban dispuestos al azar sobre la escalinata, bloqueando el acceso del público. De golpe me hallaba en un banco de Bryant Park, y el sol en los ojos me hacía difícil leer la contratapa del diario, que por algún motivo me interesaba más que los titulares. Entonces percibía que un perro inmenso, completamente negro, estaba intentando llamar mi atención. Yo no lo miraba de lleno porque sabía que era un ser maligno, y en cambio proseguía con mi trabajosa lectura de la contratapa. Era algo acerca del nacionalismo en Europa Central, pero entre el miedo y el sol no alcanzaba a comprender mucho. Entonces el perro se paraba sobre sus patas traseras y avanzaba hacia mí; tenía la altura de un hombre, y cuando apartaba con una de sus garras el diario, forzándome a mirarlo, yo notaba que su hocico y cabeza eran como de dibujo animado, apenas un bosquejo. Al hablarme mostraba unos dientes más negros que su pelaje, de una negrura perfecta y brillante, cruel:

> Vos sos la que te mastica en sueños.

Para Nelson Floreal, el perro de mi sueño no era otro que el prófugo, pero no sabía cómo interpretar aquella curiosa frase, el modo en que sus pronombres violentaban la gramática castellana. Me callé que yo la había asociado inmediatamente con la masturbación —el Nacional Buenos Aires nunca pudo erradicar por completo las culpas que me transmitieron las monjitas de mi colegio primario—, y creo que esa vez no me adivinó el pensamiento. De todas formas, ahora no estoy tan segura de que su hipótesis sobre el perro contradijese a la mía sobre la frase. Lo que sí sé, en cambio, es que los dos estábamos equivocados.

II

El taxi dobló por Deán Funes, dejando atrás el tráfico y los carteles publicitarios de avenida Independencia. En el interior del auto, tanto Inés como Nelson Floreal sintieron que la oscuridad de la noche, de pronto subrayada por los árboles y el deficiente alumbrado público, convertía a la pequeña calle en un sitio solitario, que le daba la espalda a Buenos Aires por algún motivo vergonzante o siniestro. Ninguno de los dos compartió con el otro aquella sensación: el tarotista por el peso de sus responsabilidades y porque le parecía ridículo tenerle miedo a su propio barrio; ella porque quería asegurarse el respeto del Nelson Floreal, merecer por completo su confianza y estima. Eran las once menos veinticinco del martes 29 de junio, y hacía más de una semana que Inés no soñaba.

Nelson Floreal le pidió al chofer que se detuviese cruzando Estados Unidos, indicación que este ignoró olímpicamente para hacerlo recién a mitad de cuadra. Mientras se bajaban del taxi y caminaban en silencio hacia su destino, Inés pensó que la hora y esas calles tenían la misma atmósfera que un cuadro que conocía, pero solo recordó cuál luego de doblar la esquina y toparse con la entrada de la casa. En una noche de invierno, la casa de Nelson Floreal se asemejaba un poco a cierto Magritte que muestra una vivienda suburbana, sumida en la oscuridad salvo por la luz de un farol, y cuyo único toque de surrealismo reside en el cielo, que no es en absoluto un cielo nocturno.

En cuanto el tarotista abrió la puerta, los perros se abalanzaron sobre él y su acompañante, y no pararon de hacerles fiestas hasta que las caricias fueron reemplazadas por gritos. El trato violento, sin embargo, solo trajo una falsa calma, puesto que Turco y Colita siguieron a su amo por todas partes —la cola entre las patas, gimiendo de a ratos e impidiéndole moverse con comodidad— hasta que este les sirvió la cena, una mezcla de fideos, carne y zapallo. A pedido de Nelson Floreal, mientras él se ocupaba de los perros Inés le puso alpiste y un poco de agua al canario, pero como su tarea era menos compleja le sobró tiempo para estudiar los detalles de lo que servía a la vez como living comedor y sala de consultas. En las anteriores visitas eso no había sido posible, y ella ardía en deseos de saber algo más sobre la vida privada del tarotista, no por un interés chismoso y malsano sino porque la intrigaba que fuese una persona aparentemente tan simple. Doña Adela no le había parecido simple, para nada, y los relatos acerca del Dr. Eustaquio lo pintaban como alguien cínico, que está de vuelta de todo. Inés no alcanzaba a entender qué tenían de común esas tres personas y ella, cuál era la diferencia entre arcontes y soñadores.

Nelson Floreal la encontró examinando los adornos, absorta en el lobo marino «Recuerdo de Mar del Plata» y en un antiguo incensario de cobre, regalo de un cliente moroso. Debía haberse agachado a recoger algo, ya que la minifalda de lana que llevaba se le había adherido a las medias más arriba de lo que era soportable para un espectador masculino, revelando una amplísima porción de sus piernas. El tarotista se excitó ligeramente, por simple nostalgia del sexo. Aunque no ignoraba que Inés era mucho más fuerte que él, hubiese querido protegerla, abrazarla con impropia y anticuada ternura. Pasaron varios segundos hasta que ella se dio cuenta de que ya no estaba sola en la habitación. Cuando se volvió hacia él, arreglándose la falda automáticamente, fue sin la más mínima culpa en el rostro, sin ruborizarse de que la hubiesen pescado en el acto de satisfacer su curiosidad.

—Nelson Floreal..., dígame en serio: ¿por qué somos arcontes, usted y yo? ¿Por qué doña Adela...?

Inés señaló una foto vieja, coloreada, que ya iba perdiendo nitidez en los bordes. Era de un hombre flaquísimo, que sostenía su sombrero contra el pecho y estaba vestido íntegramente de blanco. Ni sonreía ni miraba a la cámara, por lo que el conjunto parecía más una vetusta imagen turística de Montevideo —«Plaza de Cagancha o plaza Libertad, al fondo la Estatua de la Libertad (1867) del italiano Giuseppe Levi»— que una foto de él.

—Don...

—¿El Dr. Eustaquio?

—Eso. Dígame.

El tarotista se sentó, e inmediatamente lamentó haberlo hecho. La tentación de postergar todo le resultaba muy poderosa, casi ingobernable. Solo pudo superarla, persistir en su propósito de salir al Cerco esa misma noche, porque sabía que buena parte de ella no era temor, sino el loco deseo de que Inés continuase siendo su pupila. Trató de responderle de un modo cortante, y le salió como siempre un tono benévolo y paternalista.

—Casi cualquiera podría ser arconte, lo que pasa que alguna gente resulta mejor arconte que otra. Usted, por ejemplo, tiene una capacidad increíble..., como mamá. El Dr.

Eustaquio, en cambio… Bueno, el Dr. Eustaquio era igualito que Alberto, un tipo que se leyó todo. La cultura también sirve. Fíjese que a Alberto le tiré dos puntas y entendió, le faltaba nomás que alguien le explicase que el medio millón de cosas que conocía cada una por separado en realidad estaban conectadas. Por eso es una lástima que no haya querido aprender los misterios… Una lástima, de veras.

—¿Y usted?

El tarotista se encogió de hombros. Turco, que vino del patio relamiéndose, disfrutando aún de su comida, le apoyó la cabezota sobre el regazo. Nelson Floreal empezó a acariciarlo como si ya hubiese respondido la pregunta, pero el silencio expectante de Inés fue a la larga imposible de soslayar.

—¿Yo? Yo soy un capricho de mamá, que nunca quiso buscarse otro sucesor, uno bueno en serio, y que después terminó por necesidad nombrándome sucesor del travesti. Eso también es una lástima.

Aunque resultaba harto evidente que Nelson Floreal no quería profundizar en el tema, Inés hubiese insistido. La campanilla del teléfono, sin embargo, la dejó sin preguntar por qué los arcontes solían ser mujeres. El aparato sonó cuatro veces, enmudeció durante unos segundos —lo que alguien tarda en colgar y volver a discar— y luego recomenzó. Inés y el tarotista se miraron, alarmados, y consultaron sus relojes al mismo tiempo, como si fuesen marionetas. Nelson Floreal habló primero.

—Cuatro veces, lo que arreglamos con Alberto.

—Pero ¿no es muy temprano? Recién son las once, y quedamos en que para control nos llamaba once y media y después dos y media.

—Demasiada casualidad, tiene que haber pasado algo. Atiendo.

El teléfono estaba en el cuarto de Nelson Floreal, de modo que Inés se quedó esperando en el living comedor/sala de consultas. De la mitad del diálogo que podía oír infirió que se trataba, en efecto, de su socio, y que algo serio había ocurrido. Cuando el tarotista la llamó al aparato no se hizo rogar.

—Alberto. Pero después pásemelo de nuevo, eh. Quiero hacer que me repita bien las instrucciones para esta noche.

Inés tomó el tubo con ambas manos, moviendo la cabeza como para evitar que un mechón de cabellos la incomodase; el gesto fue inconsciente, y quedó reducido a una pura coquetería porque se había cortado el pelo esa misma mañana. Alberto no le dio ni tiempo de saludar.

—¿Cómo? ¿Que qué? ¿Azucena? No te puedo creer. Y decime... Sí, okey, pero ¿el chico está bien? Qué espanto, Dios mío. Pobre Nancy. ¿Y sabés el número de habitación en el Santa Lucía? No, no, hiciste bien. Inclusive repetile a Oscar, pero de mi parte, que no se preocupe, era inevitable... Un beso, te doy de nuevo con Nelson Floreal... Seguro, claro. Vos cuidate mucho, y por lo que más quieras hacele caso, hacé todo lo que te diga.

Durante la siguiente hora y media, Inés y el tarotista estuvieron analizando aquella reaparición del familiar sin llegar a un acuerdo acerca de cómo interpretarla. Según Alberto, que a su vez solo les había reproducido el relato del portero de Independencia, Azucena había atacado al mayor de los hijos de Nancy, dañándole un ojo y dejándole profundas heridas en las mejillas, la frente, el cuello y los brazos. El ataque había ocurrido en la esquina de Independencia y Bolívar, en un terreno mitad baldío mitad playa de estacionamiento donde el chico acostumbraba jugar con sus hermanos. Al reconocer a la gata, los chicos la habían llamado, y luego —como no se les acercaba— habían hecho el intento de capturarla para devolvérsela a Inés. Oscar, el portero, había sido la primera persona en enterarse de las consecuencias de esa pésima idea, y tras dejar a los chicos con su madre se había encargado de la gata. Azucena había perecido a causa de los cascotazos y patadas del excabo Oscar Armendáriz, cuyo pánico a la hidrofobia era un logro del tarotista. El chico lastimado se hallaba en el hospital Santa Lucía, con sus hermanos, su madre histérica y un padre que clamaba —quizá un tanto incongruentemente— que iba a vengarse de Inés apenas pudiese.

Mientras Nelson Floreal y su discípula intercambiaban hipótesis sobre el enigma de Azucena, los perros se habían quedado amodorrados como de costumbre junto a la estufa de cuarzo, única fuente de calefacción de la casa. Cuando su amo la apagó, el bufido que dio Colita al despertar de golpe no fue por la súbita disminución del calor —no hubo tal: el proceso tarda unos minutos—, sino porque percibió, según suelen los animales domésticos, que ese acto encerraba algo definitivo y violento. Prisionera de las declaraciones verbales, Inés tardó un poco más en alarmarse, y cuando lo hizo fue con cierta sorpresa ante su propia actitud: creía estar preparada para salir al Cerco, lista para librar al mundo de lo que ella había desencadenado involuntariamente sobre él.

—Bueno, basta.

—Está bien, basta, pero sigo sin entender por qué el prófugo permitió que Azucena… que su familiar, bah, se muriera así de fácil.

—No interesa, Inés: digo basta porque ya no podemos malgastar el tiempo.

La única bombita del living —que Nelson Floreal se había prometido cambiar por una de mayor potencia meses atrás, la noche de la primera aparición del prófugo— daba una luz mortecina, que disolvía los colores para uniformarlos en una especie de guiso amarillento y sucio. Eso ocultó un poco, aunque no del todo, el arrebato de pánico de Inés.

—¡Pero queríamos repasar lo que me estuvo enseñando, para eso vinimos temprano! Y también... también habíamos quedado en esperar hasta las tres de la mañana, cuando más gente está dormida y tantos sueños juntos pueden confundir al prófugo.

—No tengo mucha experiencia en prófugos... Por suerte, ¿no?, visto el es... el éxito que me acompaña...

A Nelson Floreal se le quebró la voz. Siguió adelante, sin embargo, como si el momento de debilidad hubiese sido solo una pausa para corregir su pronunciación inculta de la equis.

—... Pero me parece que nuestro prófugo superó hace rato la etapa de hacerse problema con los sueños de otros. Lo único que no puede evitar es que en los lugares de la vigilia por donde anda, que son más o menos los mismos por donde anda usted, haya siempre un montón de visitantes.

Mientras hablaba, Nelson Floreal comenzó a juguetear con su boquilla: era el antiguo truco de hacer pasar un objeto, ida y vuelta, por entre todos los dedos de la mano salvo el pulgar. Inés le extendió el paquete de Derby, que había quedado más cerca de su extremo de la mesa, en la esperanza de que el cigarrillo la ayudase a ganar tiempo, pero el tarotista desestimó la oferta.

—Empecemos.

Inés recordó entonces a su madre, con preocupación no exenta de vergüenza. Apelar a aquel último recurso la humillaba casi tanto como haber intercambiado roles con Nelson Floreal, haberse vuelto tímida justo en el momento clave y pese a que solo una semana antes había sido ella la que ansiaba hacer algo contra el prófugo.

—¡Mamá! No podemos dejarla así, desprotegida.

—¿Usted dice por las instrucciones que le di a Alberto, del pentagrama, la sal…? Son macanas.

—¿Cómo macanas?

Una expresión de infantil picardía surcó el rostro de Nelson Floreal. Duró apenas unos segundos, pero si Inés hubiese tenido una mayor familiaridad con él la habría reconocido fácilmente; era la que el tarotista ponía, en épocas más felices, al explicarle a Atilio o algún otro allegado sus triquiñuelas para timar incautos.

—Macanas. La idea es que tenga algo de qué ocuparse y no se aparezca por acá. No creo que el prófugo lo ataque, y a su mamá menos, mientras nosotros andamos por El Cerco. Igual me parece que se olió el verso, debe saber más de esas cosas que yo… Fíjese que le pedí que pusiera un cuadrado mágico en medio del pentagrama y no hizo falta que le contara qué era, me dio un ejemplo al toque.

Inés rebuscó en su memoria, infructuosamente, la definición del cuadrado mágico. Su esfuerzo se vio interrumpido por la mano derecha de Nelson Floreal, que vino a posarse de improviso sobre la suya. Era el primer contacto físico iniciado por él aparte de los besos del saludo, costumbre argentina que tampoco parecía agradarle mucho.

—Prométame algo, querida.

A punto de acceder sin condiciones, Inés notó una urgencia en la mirada del tarotista que la puso muy incómoda. Esperó, pues, a que él formulara su pedido.

—Prométame que si salimos vivos de esta va a dejar de tomar… esa cosa. Hoy empezó desde la mañana.

—No.

—¿No qué, que no me promete o que no empezó a tomar desde la mañana?

Un buen ataque de ira barre con cualquier miedo. Inés volvió a estar dispuesta a salir al Cerco, casi ansiosa de hacerlo. Ya le molestaba bastante que Nelson Floreal lo supiese todo acerca de su hábito, pero que quisiera intervenir aún más en su vida privada la enfurecía lisa y llanamente.

—Que no le prometo. Si me gusta freírme el cerebro es asunto mío.

—Pero ahora tiene responsabilidades que antes...

—No me venga con paranoias, que una de las primeras cosas que me contó fue lo de lo del travesti húngaro al que usted reemplaza. ¿No le daba al caballo, el tal Betty, y no era que eso no interfería con su rol de arconte?

—No interfería pero se murió.

El intercambio acerca de la droga se prolongó muy poco más, pero les dejó a ambos la sensación de estar con una persona ligeramente distinta de lo que habían creído. Inés se mostró tan dócil a las indicaciones del tarotista, tan poco dispuesta a lanzarle sus típicas e incómodas preguntas, que este no pudo sino percibir una cierta insolencia en sus movimientos. De hecho, una vez que se quitaron los zapatos y se acostaron sobre la cama de doña Adela, Nelson Floreal tardó en relajarse: la actitud de Inés lo crispaba incluso a través de la piel, pese a que los dos ya habían cerrado los ojos. Lentamente, sin embargo, el peso de la vigilia se fue amortiguando, y tras unos minutos se redujo al mínimo.

—Inés, ¿me escucha?

Hubo un sonido como de alguien que se atraganta, como de quien está roncando y cierra la boca porque no puede respirar bien. Solo después llegó la respuesta.

—Sí...

—Perfecto. Usted va a salir primero. Necesito que piense que El Cerco la chupa hacia arriba, que se tiró a una pileta honda y ahora sube, sube hacia arriba, hacia la superficie y el sol. Acuérdese que afuera no nos podemos ver a nosotros mismos, pero sí vemos al otro…, a una imagen… falsa… del otro… No se asuste si me encuentra… un poco cambiado.

Más que subir desde el fondo de una pileta, el tirón de abandonar su cuerpo le recordó a Inés la peor bajada de una montaña rusa. En ningún parque de diversiones, sin embargo, había experimentado un vértigo tan brusco seguido de tanto placer. La niebla del Cerco, blanquísima e inmóvil como nunca lo está la de la vigilia, le transmitía una calma y placidez incomparables. La única molestia era la que le había anticipado el tarotista durante su aprendizaje, el hecho de que no acompañase a sus «sentidos» la seguridad, independiente de ellos y que agrupa las sensaciones simultáneas y difusas de todos los órganos, de contar con una masa corpórea. El deseo de ver lo que estaba «a sus espaldas» era hacerlo, no había demora entre la voluntad y el acto.

—Salió muy rápido. Eso, como volver muy rápido o moverse muy rápido aquí, la puede dejar postrada, ¿sabe? Con hemiplejia, como mamá. Y si tiene suerte, porque si se llega a marear queda flotando a la deriva, y al final termina cruzando para el lado de los sueños.

En El Cerco, la imagen que proyectaba el tarotista era la de un enano. De puro asombro, Inés casi ni registró el mensaje que le había transmitido, que por otra parte solo constituía una repetición de advertencias ya harto machacadas. La cabeza de Nelson Floreal, que conservaba sus dimensiones, parecía monstruosa sobre aquel endeble y deforme cuerpecito. Un traje oscuro de tres piezas —poncho de vicuña sobre los hombros, como caudillo conservador en miniatura— aumentaba el repugnante impacto del conjunto. Previendo que en poco tiempo ella iba a preguntar por su propio aspecto, el tarotista se apesuró a tranquilizarla.

—Feo, ¿no? Pero no se preocupe, esto no tiene ningún significado oculto. Además, usted está igualita.

La mentira de Nelson Floreal fue menos escandalosa de lo que Inés supuso; lejos de parecer un engendro de pesadilla, como su compañero, su imagen simplemente había recuperado la altura, la delgadez y los rasgos de la adolescencia, de los catorce, quince años. Sus fantasmagóricas ropas eran tan semejantes a las que llevaba en la vigilia que le quedaban grandes: las medias de lana le hacían bolsas, la minifalda se le bajaba y las mangas del pulóver —cuyo modelo real había pertenecido a Leopoldo— le sobraban muchísimo más que de costumbre.

Al abandonar la casa, Inés descubrió hasta qué punto era intoxicante desplazarse por El Cerco. En décimas de segundo, y antes de que Nelson Floreal terminase de atravesar el techo, ella se encontró a unos treinta metros por sobre el nivel de la vereda. Tuvo que aceptar entonces de buen grado las recriminaciones del tarotista, asustada de la tentación que la velocidad le había hecho sentir: se sabía muy capaz de abandonarse al puro goce de ese movimiento sin trabas.

Cumpliendo con los últimos deseos de doña Adela, Nelson Floreal había optado por un plan mínimo, que no iba más allá de avanzar lentamente hacia la brecha y esperar a que el prófugo los enfrentase. La única precaución tomada —salir al Cerco desde su propia casa, y no desde Picante o desde Independencia y Bolívar mismo— solo apuntaba a evitar las preguntas de la madre de Inés y los riesgos para Alberto. La zona intermedia entre los sueños y la vigilia estaba sumida en una perfecta calma, pero el tarotista no podía compartir el obvio e irresponsable alborozo de su discípula.

—Hace un rato se moría de miedo, ¿ahora qué le pasa?

—No sé... Es... perfecto.

—No es perfecto ni mucho menos, es peligroso y está hecho para separar dos mundos, no para que los arcontes se diviertan. Vamos.

Inés notó que la imagen de Nelson Floreal mantenía siempre la misma expresión y pose, detalle que melló un poco su aprecio por las bondades del Cerco: al «hablar» no se le movía ni un músculo, y mantenía los pulgares en los bolsillos del chaleco, un pie adelantado y el mentón en alto como si estuviera a punto de fustigar a la bancada opositora. Que un enano de esas características flotase a más de quince metros del suelo, en medio de una bruma imposible de bella, no resultaba un espectáculo del todo tranquilizador.

Recién al cruzar Santiago del Estero comenzaron a sentir unas mínimas vibraciones, a vislumbrar en lontananza los reflejos verdosos que señalaban el sitio de la brecha. Inés odió al prófugo con todas sus fuerzas, por primera vez y lamentando que fuese a causa de aquella polución y no de la muerte de Leopoldo, pero no podía impedir que ensuciar El Cerco le pareciese el peor crimen imaginable. De pronto, casi al mismo tiempo que el odio se apoderaba de ella, entró en una imprevista zona de luz naranja e intensa. Eso la hizo detenerse, confundida. El mensaje del tarotista le llegó entrecortado por algo que en la vigilia hubiese sido risa, por una especie de risa mental, sutil y sin embargo tan contagiosa como la otra.

—Me due... le, me duele, qué bue... no. Ma... má, qué bueno.

—¿Qué pasa? ¿Qué es...? ¿Qué fue...?

La luz había desaparecido segundos antes de que Inés hiciera su pregunta, lo cual, sumado a la extraña reacción del tarotista, la dejó más confundida aún.

—Usted. Fue usted, mamá sabía que teníamos algo para combatirlo.

—No entiendo nada.

—La luz es usted, es su odio contra el prófugo. Y quema, no se da una idea de cuánto quema. Déjeme probar a mí.

Desde la periferia de una llamarada naranja, cuyos lengüetazos la quemaban como ácido, no como fuego, Inés vio que Nelson Floreal recuperaba momentáneamente sus formas de la vigilia, dejaba de ser la estatua de un enano o la parodia de un caudillo conservador. El fenómeno duró poco, lo que el tarotista se tardó en comprobar que poseía la misma capacidad que ella. Ninguno de los dos, cuando prosiguieron su camino satisfechos de contar con un arma, comentó que corrían el riesgo de quemar también al otro, y no solo al prófugo, una vez que juntasen sus odios.

La relativa calma que vivía El Cerco llegó a su fin mientras estaban cruzando 9 de Julio. En instantes, y sin ningún tipo de turbulencia previa —salvo las vibraciones que ya emitía la brecha—, la niebla formó una ola blanca e impetuosa que los arrojó hacia atrás y hacia la izquierda, y que solo se detuvo una vez que ellos quedaron a la altura del edificio de la UADE. Tardaron unos segundos en reponerse, y otros tantos en comprender que la ola era parte de un movimiento generalizado, que recomenzó enseguida. Algo estaba deformando El Cerco, una fuerza horrible: a través de la niebla, la vigilia también parecía combarse, y el asfalto, las casas y los coches daban la impresión de estar siendo succionados por un punto del cielo próximo al Obelisco y la avenida Corrientes. Antes de que pudiesen reaccionar, el prófugo —bajo la forma del gigante de la túnica tornasol y la pierna mala— pasó frente a ellos, moviéndose a gran velocidad hacia el mismo punto. Al principio no comprendieron el mensaje que les transmitió.

—Viene el Bobby. No quería que se lo perdieran.

Inés y el tarotista volaron tras el enemigo, pero su entusiasmo decayó al llegar a Moreno y el ex Ministerio de Obras Públicas, donde se detuvieron anonadados. Una pata o garra animal inmensa, del tamaño de una locomotora, había roto El Cerco varios metros por detrás y sobre el Obelisco, provocando aquel torbellino que todo lo deformaba. Las fauces y la otra pata de la bestia —a juzgar por el cielo, que se movía como una tela extendida de cuyo centro alguien tironea— ya estaban trabajando en ampliar el boquete. Inés reconoció al último de sus sueños, pero no había terminado de comunicarle esa información a Nelson Floreal cuando este se puso otra vez en movimiento.

—Bobby, claro, «el Bobby». ¡Nos estaba cargando, es el jodido perro de mi sueño! ¿Qué hacemos?

—Hacemos lo mismo, pero la llama se la dirigimos sobre todo a la bestia. Ahora sí rápido, vamos hasta... entre Sarmiento y Corrientes.

Proyectarse a varias cuadras de distancia de un solo tirón, lejos de marearla como temía el tarotista, le produjo a Inés un placer incluso superior al de salir al Cerco o abandonar la casa. Se sintió más fuerte que nunca, pero no tuvo tiempo de analizar aquellas sensaciones porque durante varios segundos se encontró sola en el punto indicado: Nelson Floreal, que había partido con ventaja, llegó allí bastante después que ella.

Una multitud se había congregado alrededor del Obelisco y en las esquinas cercanas. Todos los rostros miraban hacia arriba, hacia lo que debían percibir —miraban con más asombro que susto— como un raro fenómeno meteorológico o algo por el estilo. Era obvio que no veían al perro. Inés y el tarotista se dieron cuenta recién entonces de que la vigilia no se estaba agitando aún, de que los horribles cambios de la avenida, los edificios, los coches pertenecían al Cerco, que operaba para ellos dos como una lente. El prófugo era una pequeña figura junto a la pata de la bestia, un insecto que parecía estar forcejeando con los jirones de cielo para facilitarle la entrada al otro monstruo. Nelson Floreal empezó a ejercer su odio, pero Inés no pudo sumársele porque la cabeza del perro emergió de golpe, con un rugido estentóreo.

En la confusión resultante, el prófugo salió despedido hacia un costado, el tarotista se quedó sin llama y algunos curiosos de la vigilia, más sensibles que el resto, huyeron del Obelisco provocando un disturbio entre la gente que empujaban. La amarilla mirada de la bestia se posó entonces sobre Inés, perversamente complacida.

Vos sos...

Al ver de nuevo los dientes negros, el pelo hirsuto, Inés comprendió que su sueño no había sido del todo suyo, sino en buena medida una compilación de leyendas mal interpretadas y películas de bajo presupuesto. Mientras le arrojaba su odio naranja a la gigantesca cabeza, recordó las transformaciones de Lon Chaney y el título *Aullidos.*

LA QUE... S...

Por el espantoso ardor y el aumento de las llamas, Inés supo que Nelson Floreal había vuelto al combate. El odio era en verdad un arma, ya que la bestia no atinó a completar exactamente la misma frase con que la había amenazado en sueños.

LA QUE... SOS.

Hubo un segundo rugido, que terminó en algo semejante al llanto de un bebé. Inés y el tarotista, envueltos en el corrosivo fuego que ellos mismos generaban, estaban llegando al límite de su resistencia cuando la cabeza y la pata se retiraron del Cerco. La brecha persistió casi un minuto más, pero lentamente pasó de lucir como dos grandes manchones de mercurio, cromados y movedizos, a ser el negro y rutinario trozo de cielo que debía. Los arcontes, sin embargo —ambos comenzaban a sentirse en verdad tales—, no tuvieron tiempo de celebrar su triunfo. A escasos metros de ellos se materializó el prófugo, que había adoptado la forma del Dr. Eustaquio.

—Felicitaciones, bravo. Hice bien en sacrificar a Azucena, porque si salían más tarde se lo hubieran perdido al Bobby. Confiésenme que estaban que ardían por conocerlo, ¿eh? Igual no se crean que le ganaron en buena ley; todavía le falta para poder entrar, yo nomás aproveché que iba a hacer la prueba.

Nelson Floreal e Inés no necesitaron intercambiar mensaje alguno, pero su intento de atacar al prófugo fracasó. Habían agotado la totalidad de sus llamas en la bestia.

—Mírense. ¿Por qué se piensan que los traje aquí justo cuando se abría la nueva brecha? Ahora no me pueden hacer nada, están lo que se dice fritos.

Inés vio que el tarotista estaba exahusto; su imagen había vuelto a ser la de la vigilia, y tenía algunas quemaduras en el rostro y las manos. Cuando el prófugo se dirigió a él, ella adivinó de qué modo iba a atacarlos: no solo era lo esperable en El Cerco, sino que se correspondía con el temperamento irónico de la criatura.

—Y usted, querido, ¿qué es esto de querer hacerle daño a su padre?

—¿Papá...?

—No merecía saberlo porque nunca se dio cuenta. Si será chambón…

Salvo por el hecho de que sus llamas eran azules, como de gas, el prófugo empleó contra Nelson Floreal la misma arma que ellos habían usado contra la bestia. Mientras se transportaba de vuelta a su cuerpo, en medio de los sufrimientos del tarotista, Inés se repitió a sí misma, casi en forma automática, cierto conjunto de cifras que el pánico le trajo a la memoria: 492 357 816. Dispuestas en un cuadrado, tienen la propiedad de que suman el mismo número diagonal, vertical u horizontalmente. Inés deseaba creer, a toda costa deseaba creer que los cuadrados mágicos eran una excelente protección contra las criaturas malignas.

Lo primero que vi al recobrar el conocimiento fue que Alberto finalmente había descartado el abridor y se había puesto su arito de oro. Estaba inclinado sobre mí de una manera rara, como a medio levantarse de una silla y estudiando los movimientos de algo que parecía estar a mi derecha, muy cerca. Cerré los ojos de nuevo, pero a punto de sumirme otra vez en la inconsciencia cierta voz vagamente conocida —era un susurro seco y trabajoso, que me costó atribuir a Nelson Floreal— me recordó nuestra derrota. Segundos después recordé también mi cobarde fuga, me inundó la vergüenza que he sentido hasta ahora.

—Agua. Por favor, un poco de agua.

—¿Nelson Floreal? ¿Cómo está? ¿Nelson Floreal…?

—Agua, por favor, agua.

Al incorporarme de golpe en la cama, no solo distraje a Alberto de su preocupación por el tarotista, que yacía a mi lado, sino que mi cabeza fue a dar contra la suya. Yo empecé a vomitar, mareada por la velocidad de mi retorno al cuerpo y la dificultad de moverme en la vigilia, y él se agarró la oreja con un grito de dolor. Me las había arreglado para incrustarle el aro en el lóbulo, que le sangraba a mares. Francamente no recuerdo en qué orden solucionó Alberto esas calamidades simultáneas, pero sé que en escaso tiempo, y con gran eficiencia, había limpiado el vómito, le había traído agua a Nelson Floreal y se había detenido la hemorragia de la oreja usando algodón y un polvo cicatrizante que encontró en el botiquín del baño.

Las quemaduras del tarotista eran horribles, y toda la habitación olía a ellas. No nos animábamos a sacarle la ropa, que había ardido junto con su cuerpo. Tenía la cara negra, sin pestañas ni cejas, un ojo reventado —del que no cesaba de fluir, aunque muy lentamente, una mezcla de sangre y líquido blancuzco— y la piel cuarteada, por cuyas grietas asomaba la carne viva. Los brazos, que alzaba rígidos desde el codo y movía de a ratos como un escarabajo dado vuelta, terminaban en garras ya inhumanas. Alberto me explicó que a las dos de la tarde, cuando nosotros seguíamos sin aparecer y sin contestar el teléfono, había decidido venir a buscarnos y usar la llave que Nelson Floreal le había confiado para un caso así. Llevaba apenas unos minutos junto a la cama de doña Adela, a la que le había arrimado una silla de modo de poder vigilarnos mientras decidía qué hacer. Yo me di cuenta recién entonces de la hora; como el cuarto era interno y el velador estaba prendido, no había reparado en que la luz del pasillo era decididamente diurna y llegaba desde el patio.

—¿Y la ambulancia, cuándo te dijeron que venía?

Alberto frunció el ceño por un instante, luego puso cara de vaca. Entendí de inmediato cuál era su problema, pero no quise darle crédito a mi suposición antes de obtener una respuesta de sus propios labios. Estaba vestido como para atender el restaurante, con un traje de franela gris de esos que le hacen a medida pero igual le quedan un poco ridículos —es curioso: a los hombres muy altos les pasa con la ropa lo mismo que a los muy petisos—, y su desubicada elegancia solo servía para volverlo más vulnerable.

—No llamé al médico, Inés. Hasta hace un segundo este hombre parecía muerto, y te acabo de contar…

—¿Cómo que no llamaste al médico? Pero ¿qué carajo tenés en la cabeza, te comiste un balde de mierda?

Alberto siguió hablando, y casi ni se detuvo cuando le pegué la primera cachetada. Aunque quizá nunca lo haya querido tanto como entonces, me sentía incapaz de actuar de otro modo: pegarle, gritarle palabrotas eran más un castigo a mí misma y a mi propia culpa que a lo que me parecía una inédita falta de responsabilidad de su parte.

—Te acabo de contar, digo, que estaba tratando de decidir qué hacer. Vos no te despertabas, Nelson Floreal me parecía muerto, y adem…

La segunda cachetada lo hizo llevarse la mano a la mejilla.

—Y además, digo, ¿qué iba a mentirle al médico, a la policía…? ¿Que se quemó con un encendedor a bencina? ¿Que vos tenés el pelo chamuscado y la piel ampollada porque pasabas por acá? Acordate de que en esta casa hubo una defunción hace una semana y media. Acordate de que Nelson Floreal estuvo descuidando a sus clientes, de que lo vieron en tu casa y en la mía, en Picante. ¿O qué? ¿Le vas a entrar a explicar a un médico de guardia…, a un policía de guardia, peor, todo el asunto del Cerco, los arcontes y la mar en coche? Haceme la caridad, linda… Imaginate que van al restaurante y se encuentran con la porquería esa que dibujé en el piso de mi cuarto: «¿Sabe lo que pasa, agente? Yo si no es dentro de un pentagrama no puedo dormir». Por favor, Inés, no me jodas, eh.

Un nuevo susurro de Nelson Floreal puso fin a la locuacidad de Alberto y a mi furia. Solo comprendimos que esa era precisamente su intención cuando se esforzó en repetir lo que había dicho.

—Bas… ta.

—¿Nelson Floreal? ¿Está bien?

El tarotista respiró hondo, como para tomar fuerzas. Luego me echó en cara la estupidez de mi pregunta: más que con sus palabras, lo hizo esbozando una sonrisa sobradora, que a aquellos labios casi inexistentes —a aquella piel martirizada— debía costarle un esfuerzo terrible.

—Bien, sí. Bien jodido: me estoy muriendo.

Alberto y yo nos miramos, atónitos e incómodos; sospecho que no esperábamos que Nelson Floreal fuese capaz de articular —y bien en criollo— nuestro temor. A mi socio le habían quedado unas gotitas de sangre, que ya estaban adquiriendo un tono parduzco, en el cuello de la camisa, y una de sus normalmente pálidas mejillas seguía encendida por mis cachetazos. Las marcas eran tan paralelas como si lo hubiese golpeado una sola vez alguien de siete, ocho dedos. Cuando apartó los ojos de mí para volver a posarlos sobre el tarotista —el movimiento tuvo algo de quien baja la cabeza porque se siente en falta—, comprendí que estaba sobreactuando el gesto para recriminarme el maltrato, dándome a entender que era yo la que hubiese debido apartar la mirada. Las recriminaciones oblicuas, ahora que lo pienso, son la forma más venenosa de la cortesía, y una que Alberto practica a menudo. Quise pedirle perdón, pero el modo —el tono— en que se dirigió a Nelson Floreal me lo impidió. No había nada de malo en sus palabras, salvo que sonó muy semejante a mi madre, al tipo de persona que cuando visita a un canceroso no pierde la oportunidad de señalarle que una enfermedad tan grave solo puede ser culpa del enfermo mismo. A veces hasta los médicos caen en la trampa de adoptar esa actitud, que por cierto facilita las cosas para los que están sanos.

—¿Y ahora qué hacemos? Dígame, porque si no sabe usted…

Como su ojo sin vida estaba de nuestro lado de la cama, para ver a Alberto el tarotista necesitó girar la cabeza, lo que hizo aumentar el flujo de líquido de la cuenca vacía y desprenderse del cuello un trozo de piel, o más bien de algo como pergamino negro, lleno de pequeños globos.

—Por lo pronto trag… tráigame otro vaso de agua, le ruego.

En cuanto Alberto salió de la habitación, Nelson Floreal se anticipó a mi vergüenza. No entiendo por qué no lloré en ese momento como lo he hecho desde entonces, como lo hice poco después y lo estoy haciendo ahora, al recordar detalle tras detalle. Quizá fue solo el shock, una parálisis de las emociones, pero me disgusta saber que Nelson Floreal no vio nunca mis lágrimas.

—No se culpe, Inés. Ya que no me prometió… aquello, prométame que no se va a culpar. Además me parece que es mejor que haya vuelto antes que la agarrara el prófugo. Puede haber una chance de cerrar la brecha, todavía quedan diez arcontes.

—Doce. Quedan los doce. ¡Nelson Floreal, quedan los doce!

Quería abrazarlo, tomarlo de la mano, hasta tomarlo de los hombros y sacudirlo. Ningún sitio de su cuerpo, sin embargo, hubiera soportado el contacto. Cada vez que cierro los ojos me veo a mí misma junto a aquella cama, con los brazos abiertos y los dedos crispados e impotentes: la sonrisa de Nelson Floreal es casi imperceptible pero cariñosa, él acepta el horror que me está comunicando.

—Diez. Yo ya me voy. «Como se han ido tantos», igualito que la canción, ¿no? «Me voy como se han ido tantos». Y aparte de la vieja y de Betty..., aparte de mí... se debe haber muerto algún otro, el prófugo tiene demasiada fuerza. La matemática no engaña: quedan diez contándola a usted, que reemplazó a mamá.

Comprendí a qué canción se refería, pero ya que nunca había charlado con Nelson Floreal como lo hacen dos personas normales —nunca habíamos hablado de política, moda o el porcentaje de humedad—, no supe qué decirle, cómo animarlo y consolarme a mí misma. Luego de anunciar su muerte, en todo caso, le sobrevino un largo ataque de tos, doloroso hasta de oír. Lejos de mejorar su situación, el agua que trajo Alberto empeoró las cosas. No habíamos percibido que aparte de las quemaduras tenía una profunda herida en el estómago. Mientras buscábamos toallas para detener la sangre, más para ocuparnos en algo nosotros que porque creyésemos que las toallas tendrían una remota posibilidad de éxito, comenzaron los timbrazos, que los perros respondieron desde el patio con aullidos. El hombre que estaba a la puerta, y que pronto pasó a complementar el barullo empleando sus pulmones y pegándole patadas y puñetazos a la cortina metálica, era —a juzgar por sus gritos— un amigo del tarotista, preocupado por el cambio de hábitos de la casa y por no haberlo visto en bastante tiempo. Se quejaba sobre todo de una cita para almorzar en el restaurante de la Unión Ferroviaria, a la que Nelson Floreal no había acudido. Nos quedamos mudos e inmóviles, y nos invadió la aprensión algo estúpida de que aquel sujeto pudiese detectar nuestra presencia pese al alboroto que los perros y él estaban armando. El ataque de tos de Nelson Floreal acabó en una especie de sollozo; aún no entiendo de dónde sacó energía para sobreponerse e indicarnos, en la voz más clara que pudo arrancarle a su estragado cuerpo, lo que quería que hiciésemos.

—Es Atilio, un… amigo. No contesten, y antes de irse fíjense que no ande todavía por ahí. Lo último que necesitan ustedes son problemas con un cadáver.

Alrededor del cuerpo del tarotista, las sábanas habían pasado de estar simplemente teñidas de rojo a adquirir la pesadez de una tela saturada de líquido. Era porque el colchón también se iba embebiendo y no llegaba a absorber toda la sangre, pero aquella mancha tenía para mí un parecido obsceno al sudor que deja sobre la cama una noche de sexo imprevisto y culposo, me hizo acordar de la única vez que engañé a Leopoldo, de todas las veces que deseé haber engañado a mi exmarido en lugar de a Leopoldo. Cuando salí de ese trance, que no debe haber durado mucho, Alberto estaba intentando persuadir a Nelson Floreal de que se dejase transportar a Picante, desde donde —según él decía— quizá pudiésemos convocar a un médico confiable. Ni él mismo sonaba muy convencido de su propuesta, de modo que no me explayé sobre los inconvenientes de trasladar a una persona tan quemada cuando uno ni siquiera sabe de primeros auxilios, y en cambio volví a la carga con mi idea de pedir una ambulancia. Alberto y yo nos pusimos a discutir en voz ridículamente baja —yo acomodé mi nivel de voz al de él— hasta que Nelson Floreal nos hizo notar que la precaución era del todo innecesaria.

—Atilio ya se fue. Además, atención médica podrían haber pedido del Hospital Francés, que está en Rioja, y esta, a una cuadra.

—¿Tiene el número? Porque si no, me voy de una corrida y vuelvo con alguien.

Como Nelson Floreal empezó a toser otra vez, no esperé la respuesta sino que salí del cuarto y me precipité hacia la puerta de calle. Si Alberto no me hubiera detenido antes de que lograse abrir la cortina metálica —la llave giraba en dirección inversa a la de las agujas del reloj, cosa que me confundió—, los vecinos del barrio habrían disfrutado de un espectáculo gratuito y bastante poco común, el de una mujer descalza y vomitada, llena de quemaduras, corriendo por Estados Unidos sin rumbo aparente.

—¡Pará, Inés, pará! Dice que no quiere médicos ni nada por el estilo…

—¿Y a mí qué carajo me importa que no quiera médicos? ¿No ves que se nos va a morir?

Creo que ya estaba lista para emprenderla de nuevo a las cachetadas contra Alberto, que me había tomado del codo con una fuerza considerable y me hacía doler. Solo el mensaje de Nelson Floreal consiguió evitarlo, pero quien no haya sido nunca el receptor de una transmisión telepática, vale decir el grueso de las personas de este planeta, no puede juzgar el impacto que produce: es un sonido interno, como el de estar leyendo un libro aunque sin el esfuerzo volitivo que supone la lectura; tiene también algo que me recordó los errores que cometemos muy borrachos o a punto de desmayarnos de sueño, esas palabras que se empastan y cuesta tanto corregir.

—No vaya, Inés. Me queda opoco timpo… me queda poco tiempo, y no me gustaría pasarlo en una sala de terapia intensiva… Además, quiero dispedr… despedirme, deme el gusto, ¿sí?

Cuando retornamos al cuarto, percibí que las partes de Nelson Floreal que no estaban negras de quemadas o en carne viva se habían vuelto grisáceas por la pérdida de sangre, y que la cama ya era un lago. Evidentemente se acercaba el fin, lo que sea que pasa cuando uno muere. (Hay una película, me parece que de la serie de zombis de George A. Romero, en que uno de los monstruos explica que come cerebros para mitigar el dolor de estar muerto: no es una idea tranquilizadora, la de que estar muerto para colmo duele). El tarotista pidió que me le acercase para decirme algo al oído, y al ver mi expresión de asombro —mejor dicho, al entreverla con aquel solo ojo, ya semicerrado, que le quedaba de sus hermosos ojos celeste plomo— me explicó que «hablar con la cabeza» le costaba demasiado esfuerzo. Fiel a la labor docente que había encarado conmigo, lo que deseaba era repetirme por última, pero también enésima vez, la lista de los arcontes. Espero no cometer un error al reproducirla; lo hago, aunque tomando la mínima precaución de evitar direcciones y nombres de pila, porque también me pidió que intentara convencer a Alberto de sumarse a nuestro número. Al menos una de las personas de la lista también ha muerto: Gaos (Buenos Aires, Argentina), Haslinger (Viena, Austria), Mothei (Gaborone, Botsuana), Smiles (Suva, Fiji), Trouillot (Port-au-Prince, Haití), Mohanty (Bhubaneswar, India), Murdoch (Londres, Inglaterra), Hashim (Kuala Lumpur, Malasia), Fletcher (Hamilton, Nueva Zelanda), Pilch (Cracovia, Polonia) e Isber (Damasco, Siria).

Nelson Floreal falleció diez, quince minutos más tarde, de los cuales habrá estado consciente apenas otros cinco. (Es patético: yo, que siempre he aborrecido el prurito implícito en giros como «una gravísima enfermedad», me encuentro de golpe usando el verbo «fallecer». Quizá las famosas «situaciones límite» sean aquellas en que nuestro lenguaje se adapta por fuerza al denominador común del político, la maestra ciruela y la agencia de noticias). En un sentido estricto, no existió la despedida que el tarotista había pretextado para impedir que yo fuese en busca de ayuda. Solo permanecimos junto a él, sin poder aliviar sus dolores o acariciarle siquiera una mejilla, hasta que dejó de consolarnos, de asegurarme que los otros arcontes se pondrían en contacto conmigo para cerrar la brecha. Luego vino el silencio, la respiración cada vez más trabajosa y por fin la muerte, que ocurrió en olor de santidad porque no debía tener nada en el estómago.

Mientras nos disponíamos a salir de la casa, cosa que hicimos casi a hurtadillas, descubrí que el canario yacía en el piso de su jaula. Aquello y el renovado aullido de los perros fueron el desencadenante de mis lágrimas, a través de las cuales la persistencia de lo cotidiano en la calle —ese cartel de enfrente, por ejemplo, que anunciaba al taller mecánico Los Cuñados— me pareció ofensiva, estúpida. En el parabrisas del viejo Torino de Alberto encontramos una boleta por mal estacionamiento.

¿Qué me falta contar? No estoy muy segura de a qué fecha estamos de julio, supongo que a 8 pero no tengo ganas de fijarme en el calendario, y de todas formas tampoco estoy segura de si me mudé a esta casa el 6 o el 13 de febrero. «Hace ya casi cinco meses», escribí anoche, y así quedará escrito aunque no sea del todo exacto. Lamento haber usado este disquete, pero es la única forma de que mi relato le llegue a Alberto, y también de que le llegue solo a Alberto: si no lo encuentra en Picante no le va a quedar más remedio que venir a rebuscar entre el lío de mi escritorio. Lo que hice fue borrar el archivo que contenía el *mailing* del restaurante, y luego ponerle al archivo nuevo el nombre del borrado. Aunque espero que ese momento nunca llegue, me imagino la cara de mi socio si después de tipear *A: Mail* —puede que se queje por lo bajo, como siempre, de que yo haya seguido fiel a Word Perfect 5.1— le aparece en pantalla mi bella prosa. Quizá debería haberle escrito una larga carta, haberme dirigido a él en segunda persona.

(¿Andás por ahí, Alberto? Te quiero mucho). La idea, sin embargo, me pareció melodramática, y además escribiendo de este modo he podido —unas poquitas veces en toda la noche, con ayuda de la droga— hacerme la ilusión de que estaba siendo completamente sincera.

La muerte de Nelson Floreal salió en algunos diarios, pero resulta evidente que la policía no sabe qué pensar. Mamá, por desgracia, todavía no se volvió a Pirovano, y las quemaduras que supuestamente me hice cocinando le sirvieron para armarme un escándalo mayúsculo. Lo genial es que no se da por enterada, no ya de mi hábito de la cocaína, sino de la tremenda cantidad de alcohol que estoy consumiendo para sostenerlo. De todas formas, como casi no lee por temor a las patas de gallo —se niega a usar lentes— y los noticieros de la televisión solo la inducen a hacer zapping, no es ella la que me preocupa: Max nos mira raro, y esta misma tarde me pareció que la obsecuencia de Oscar se había trocado en sospecha en cuanto me paré frente a los ascensores, después de saludarlo. A lo mejor se dio cuenta de que lo estaba viendo, y por eso se ahorró la mueca obscena que suele dirigirle a ciertas partes de mi cuerpo, pero tengo mucho miedo de que llame a la policía.

Lo último que necesitamos, como bien nos advirtió Nelson Floreal, son problemas con la ley.

Nelson Floreal, Leopoldo. Nelson Floreal, Leopoldo y doña Adela. Y un arconte más, no sé quién. Mamá está durmiendo en mi cuarto, donde la acomodé luego de explicarle que yo me iba a acostar más tarde y necesitaba usar el escritorio. Si hago un pequeño esfuerzo, puedo escuchar su respiración a través de la puerta cerrada. Me maravilla su calma, la calma de esta madrugada en que yo cargo con cuatro muertos y la ridícula responsabilidad de preservar El Cerco, que viene a ser algo así como impedir que el mundo cambie.

Hace unos meses, «hace ya casi cinco meses», la perspectiva de que el mundo cambiara de veras, de una suerte de apocalipsis, me hubiera parecido imposible y a la vez no del todo indeseable. Ahora me siento llena de culpa por Leopoldo, por Nelson Floreal, y comprendo que cerrar la brecha —que intentarlo— se ha convertido en mi deuda para con ellos. Si de una manera u otra las cosas salen bien, sin embargo, creo que habrá que replantearse la tarea de los arcontes. Los sueños son asquerosos, y nadie debería tener que soportarlos: a lo largo de la historia humana, los arcontes se han comportado como una sociedad secreta —han sido, de hecho, fuente de especulaciones sobre sociedades secretas imaginarias y triste modelo de las sociedades secretas reales— y han tratado a las demás personas como a un rebaño de ovejas. Nadie merece soñar, acostarse todas las noches de su vida sabiendo que va a ser juguete de aquello mismo que emplea cada día en reprimir. La tarea de los arcontes debería ser acabar con su propio privilegio, conseguir el gozoso apocalipsis de que el mundo entero deje de soñar.

Ninguno de los otros nueve se ha comunicado conmigo, y yo no logro entablar contacto con ellos. Le he escrito a los cuatro —Fiji, Gran Bretaña, India, Nueva Zelanda— que presumiblemente serán capaces de entender mi mediocre inglés. El problema es que el correo tarda, Nelson Floreal no sabía el teléfono de ninguno y estoy viendo visitantes casi sin interrupción. Hará quince minutos, cuando fui al living a servirme el último cognac para acompañar la última línea, había una lancha de juguete sobre la mesita del teléfono: no se movía, pero su pequeña hélice giraba como si estuviese surcando a toda velocidad una fuente de plaza o la pileta de una quinta. Si para pasado mañana no tengo noticias de los otros, intentaré eliminar al prófugo sin salir al Cerco, donde corro el riesgo de que me venza. Supongo que con alcohol, unos cinco papeles y dos cajas de Valium o del Trapax que toma mamá será más que suficiente. No estoy segura de que vaya a funcionar, puesto que la criatura parece haberse independizado de mí por completo, pero vale la pena hacer la prueba. Alberto, que aparte de los seminarios para su tesis en FLACSO o CLACSO está tomando cursos en un sitio llamado CIF —la sigla pertenece al Centro de Investigaciones Filosóficas, pero yo lo cargo con que parece el nombre de un líquido de limpieza—, me explicó hace un tiempo los debates que genera la compatibilidad de los atributos de Dios. Por lo que entendí, no está del todo claro que la existencia de un ser Omnisciente, Omnipotente y Supremo en Bondad sea posible desde un punto de vista lógico. Si es Omnisciente y Omnipotente, por ejemplo, ¿por qué no impide las catástrofes naturales, en las que sufren justos y pecadores? Recuerdo que eso me dejó pensando en el Demonio. A diferencia del caso de Dios, no parece haber ningún impedimento lógico para que exista un ser con características semejantes a las del Demonio, vale decir no Omnipotente ni Omnisciente, pero sí muy sabio, muy poderoso y Supremo en Maldad. Hay cosas peores, entonces, que una combinación de Valium, cocaína y alcohol: nadie sueña con Dios, o por lo menos nadie sueña con el Dios que la teología define a partir de esos tres atributos, pero me parece que muchos hemos soñado con el Demonio.

Inés llegó al restaurante, como siempre, alrededor de las once y media. Después de la noche en vela escribiendo, había logrado dormir apenas dos horas, de modo que la resaca de cocaína y alcohol se hallaba en su punto crítico. La puerta no cedió al empujarla, y tras los segundos de encandilamiento que siguieron a quitarse los anteojos oscuros —era uno de esos días de invierno espléndidos, sin una sola nube, con que Buenos Aires castiga los excesos—, comprendió que Picante estaba cerrado y por qué había tan poco tráfico en la calle.

Maldiciéndose por no haber consultado ni el calendario ni su agenda, donde constaba que Alberto y ella habían decidido no abrir el 9 de julio, Inés guardó los anteojos en la cartera, se pasó las manos por la cara y usó sus llaves, exhalando un suspiro de desánimo por cada una de las tres vueltas de cada cerradura. Una vez adentro fue directa a la heladera de las gaseosas, y solo comenzó a llamar a Alberto luego de beberse media botella de Villavicencio. No parecía haber nadie, pero al atravesar el patio el sonido de la ducha le brindó una explicación obvia para el silencio de su socio. Alberto se estaba bañando.

En el cuarto, el televisor y el aparato de video habían quedado prendidos, si bien con el volumen al mínimo. Inés buscó el control remoto infructuosamente y luego se sentó sobre la cama a ver la película, que le resultaba familiar. La pantalla mostraba a una chica muerta de miedo, que corría por los pasillos de algo que aparentaba ser —por el resplandor de las llamas sobre el hierro, la oscuridad, los trapos manchados de aceite— la caldera de un edificio. Infirió que se trataba de alguna de la serie *Pesadilla,* aunque no la original de Wes Craven, poco antes de que hiciese su aparición Freddy, pero no alcanzó a vanagloriarse de su perezosa y prestada cultura cinematográfica porque el volumen subió muchísimo y de golpe, como respondiendo a sus deseos.

Alberto, que puso fin al estruendo, le dio le impresión de haber salido del baño ya con el control remoto en la mano. Tenía una toalla turquesa alrededor de la cintura, y por el modo en que le apretaba la barriga, Inés calculó que debía haber aumentado de peso. El agua le corría aún por el cuerpo, y cada uno de los pasos que había dado dentro del cuarto era una pequeña laguna sobre el parquet.

—¿Qué pasa, che? ¿Estás sorda? Me pegaste un susto bárbaro, yo había puesto el volumen a cero.

—Hola, ¿no?

Al besarla, la mano libre asegurando el precario nudo de la toalla, Alberto se sonrojó ligera y algo tardíamente.

—Hola... ¿Qué hacés acá tan temprano?

—Nada, que se me olvidó que era 9 de julio. Igual te juro que el volumen ni lo toqué.

Inés soportó con estoicismo la mirada sarcástica de su socio, que fue a posarse sobre la botella de Villavicencio semivacía.

—Andás con la *moquette,* ¿no? Claro. Pará que me seque, que estoy mojando todo.

Mientras Alberto se encerraba en el baño de nuevo, Inés apagó el televisor y rebobinó la película. «*Moquette*» era un chiste privado entre ellos, una manera de referirse a esa sensación típica de la resaca que consiste en tener la lengua hecha una alfombra y necesitar litros de líquido para devolverla a su estado natural. Tras beber lo que quedaba de su Villavicencio —lo hizo directamente de la botella, ya que había dejado su copa sobre la barra del comedor—, decidió que la *moquette* de esa mañana requería de medidas más drásticas que la simple ingesta de agua en grandes cantidades.

—¿Albertooo?

—¿Quééé?

La parodia del tono en que había formulado su pregunta le arrancó a Inés una sonrisa desganada.

—¿Me hacés un pase?

—Seguro. Fijate, tiene que quedar como medio gramo ya abierto, y aparte hay otros dos papeles.

Cuando se acordó de ofrecerle a su socio, Inés ya había sacado la caja de *Candyman* y se había preparado una línea larguísima.

—¿Pico para vos también?

Alberto interrumpió sus maniobras con la toalla durante unos segundos, sopesando la conveniencia de aquella oferta. A través del vidrio opaco y grueso de la puerta del baño, su cuerpo se veía más gigantesco que de costumbre.

—Una raya sola. Chiquita, eh.

Inés obedeció; luego, dejando la caja del video con las dos líneas picadas sobre el televisor, fue en busca de otra botella de agua y del trago de alcohol que completase su recuperación. Le pareció que una generosa medida de bourbon equilibraría el efecto de la droga. Mientras pasaba de nuevo por la oficinita, vio una pila de correspondencia sin abrir, en que no había reparado antes pero forzosamente debía estar allí desde la mañana anterior. De entre los sobres eligió tres que le interesaron, los de algunas firmas —Daly y Cía. S.A.I.C., Cusenier S.A.I.C., Unión Olivarera Cañardo y Cía. S.R.L.— a las que había escrito pidiendo información sobre las salsas y especias que importaban.

Lo de la medida de Jim Beam no fue nada fácil. El lunes de esa semana habían recibido una compra, de modo que el armario de abajo de la barra estaba completamente atestado de botellas. Ya desesperaba de encontrar el bourbon, del que nunca tenían mucho porque los clientes no solían pedirlo, cuando Alberto ingresó en el comedor, llevando la caja de *Candyman* en alto como si se tratase de una bandeja de plata. Se había puesto una *robe* de motivos búlgaros —azul oscuro, dorado, rojo— que le quedaba un poco estrecha, y apenas depositó su imaginario servicio sobre la barra Inés notó que no solo había aspirado su línea sino también una colita de la de ella.

—Rápido para los mandados.

Alberto se encogió de hombros y abrió los brazos —palmas hacia arriba, codos contra el torso—, como para indicarle que él no podía con su genio y ella debía, en consecuencia, resignarse a la sisa.

—¿Y con esto qué hago? ¿Lo lamo?

Un dedo en alto detuvo la protesta de Inés; con la otra mano, su socio —evidentemente decidido a emprender una carrera paralela como mimo— extrajo del bolsillo superior de su *robe* un billete de cien dólares ya enrollado, que le pasó con una reverencia. Luego de comprimirlo para que formase un canuto más estrecho y firme, Inés se inclinó a aspirar su línea, que era considerable pese a la sisa. Las paredes de la nariz le ardieron un poco, pero el ingreso de la droga a su organismo —o mejor dicho la mera idea de estar aspirando cocaína— ya la hizo sentirse con menos resaca.

—¿El Jim Beam por dónde anda?

Alberto describió tres semicírculos sucesivos con la mano derecha, que se correspondían a otras tantas hileras de botellas. Inés ni siquiera intentó comprender el gesto.

—¿Podés cortarla con el chistecito de la mímica? Te juro que no estoy de humor para pavadas.

—¡Pero bueno, che! Qué vinagre.

Mientras su socio daba vuelta a la barra, se agachaba para alcanzar la botella de Jim Beam y le servía en el primer recipiente que encontró —un vaso de trago largo—, todo ello con movimientos enfáticos y una expresión de enojo en la cara, Inés comenzó a llorar. Era un llanto profuso, sin sollozos, del que Alberto solo se dio cuenta al extenderle el bourbon.

—¿Inés? Disculpame... Querida, disculpame, soy un bruto. Ponete bien, por favor.

—No importa, ya... ya pasa, estoy un poquitito sacada. Disculpame vos.

—¿Seguro que querés Jim Beam? Digo, como por lo común tomás cognac...

Inés comprendió recién entonces por qué había estado tan desorientada respecto de la fecha; también comprendió por qué había elegido una bebida que no le gustaba mucho.

—Es una... un... una especie de homenaje. Si estamos a 9 de julio, quiere decir que hace un mes que se murió Leopoldo, un mes exacto. No te conté... La verdad que es tonto, pero bueno, me da una lástima terrible. Resulta que Leopoldo, cuando pasamos por el aeropuerto de Santiago, quiso comprar bourbon y no encontró, y después en Cuba tampoco, claro. Se murió sin conseguir bourbon, entre otras cosas… ¿Sabés que no sé si lo había probado alguna vez, si no era que lo estaba buscando justamente para probar?

Alberto se sirvió Jim Beam en un vaso idéntico al de Inés, que alzó como para efectuar un brindis. Una fina película de lágrimas parecía haberle nublado los ojos también a él.

—Homenaje a Leopoldo. Yo tenía presente lo de la fecha, por eso no quise ni hacerte acordar que hoy no abríamos.

Chocaron los vasos y bebieron en silencio. Ante la aspereza del primer trago, Alberto hizo una mueca excesiva, cuya cómica teatralidad logró poner fin al llanto de Inés.

—No seas maricón. No seas payaso, más bien. Ponele hielo.

—El bourbon no lleva hielo.

—Dale, que no estás en la Expo Gourmandise, y tampoco te están mirando los clientes. Aparte en Yanquilandia muchas veces lo sirven con hielo: lleno de hielo, como tienen la manía ellos.

Alberto bebió otro trago, largo y desafiante.

—Me la banco. Che…, no le habrás dicho a tu vieja que viniera a comer, ¿no?

—Iba a decirle, pero cuando me desperté ya se había ido. Me dejó una nota avisando que no la esperase hasta eso de las cuatro.

Como su *robe* era de seda, y por lo tanto no apta para el invierno, y como lógicamente no encendían la calefacción con el restaurante cerrado, Alberto estaba muriéndose de frío. Inés lo notó porque contrajo los hombros, pero de hecho las puntas de los dedos se le habían vaciado de sangre, en violento contraste con el tono rojizo que la ducha le arrancaba a su piel blanca.

—Te estás congelando, pobrecito.

Alberto hizo como que castañeteaba los dientes.

—Cortala con la mímica, ya te dije. A cambiarse, vía.

Una vez que estuvo sola, Inés volvió a servirse bourbon y abrió otra botella de Villavicencio. Luego se trasladó con los sobres, el agua y el whisky a una de las mesas. Los peores síntomas de la resaca comenzaban a menguar, pero aún se sentía mareada y le pesaba la lengua. La carta de Daly y Cía. contenía un folleto publicitario y el listado completo de sus productos. Inés hojeó ambos distraídamente, y estaba a punto de abrir otro sobre cuando reparó en que Daly importaba sus chutneys de la firma inglesa Costa & Co. Entonces recordó que años atrás, durante un viaje a Europa con su exmarido, había probado un pasable Abdullah's Hot Mango Chutney de Costa, que los británicos en realidad solo envasaban porque era producto de la India. Al buscarlo en el listado lo encontró enseguida; con recargos y todo, su precio debía ser bastante más barato que el del que usaban cuando no se conseguían mangos. Fue hasta la caja en busca de una birome, que luego empleó en trazar un círculo alrededor del Abdullah's. Si encontraba otras perlas por el estilo, pensó, no solo habría justificado el trabajo de escribirles a los importadores —trabajo cuya utilidad Alberto había puesto en duda—, sino que tendría buenos argumentos para discutir con la gente que les vendía salsas y especias.

Cinco minutos y varios hallazgos más tarde, con los tres sobres abiertos y el segundo vaso de bourbon ya casi vacío, Inés cobró conciencia de lo ridículo de enfrascarse en aquellos folletos y andar trazando circulitos de tinta alrededor de marcas de mostaza o páprika. Incluso en circunstancias normales hubiese sido razonable postergar la tarea para un momento de mayor lucidez; teniendo en cuenta la decisión que pesaba sobre ella, y que había consignado por escrito apenas unas horas atrás, era una completa locura estar pensando en el ahorro de unos pocos pesos. Al saber que ya no se trataba de simples fantasías, de un arrebato de cólera por agravios supuestos o reales, la idea de suicidarse, con que de niña y adolescente —y de no tan adolescente— había jugeteado como todo el mundo, no le daba esa sensación de omnipotencia que viene de vestir a la propia muerte con los colores de una venganza. Logró superar el nuevo ataque de llanto a duras penas, solo gracias a la recordada imagen de Nelson Floreal quemado y sangrando y a aquella otra, más pesadillesca aún, de Leopoldo invadido por el prófugo. Frente a memorias tales, la autoconmiseración perdía buena parte de su atractivo, dejaba de ser como el exquisito goce de tocarse con la punta de la lengua ciertas lastimaduras leves de la boca.

Luego de beber un poco de agua, que a causa del alcohol le parecía menos deseable que al principio, dejó la Villavicencio, la birome y los folletos sobre la mesa y fue a agregarle whisky a su vaso. Segura de que Alberto habría terminado de cambiarse, le sirvió también a él, tomó la caja de *Candyman* y se dirigió otra vez hacia el cuarto de su socio. Tenía el firme propósito de retornar a su casa de inmediato y volver a intentar la comunicación con los demás arcontes, pero antes necesitaba un último pase. En el patio se detuvo unos segundos, olfateando el aire. No le costó mucho identificar el perfume que llegaba desde el cuarto de Alberto, que era uno que ella supuestamente le había traído de Cuba como regalo, cosa que le daba un poco de culpa porque en realidad lo había comprado para Leopoldo. El televisor estaba encendido de nuevo, y por la musiquita tonta y seudodramática, que dio paso a un locutor con acento del Midwest, Inés concluyó que su socio había puesto la CNN.

Alberto estaba sentado sobre la cama, exactamente en el mismo sitio en que la había encontrado a ella al salir del baño.

El paralelismo se rompió un poco porque él la vio entrar, pero Inés tuvo ocasión de reparar la simetría sonrojándose: pese al tiempo transcurrido, su socio solo llevaba medias y un buzo de algodón fino, a rayas grises y negras.

—Perdoname. Pensé que ya estarías vestido... Venía a manguearte otro pase. Y te traje más bourbon.

Para cuando atinó a taparse con la sábana, Alberto ya había estirado la mano hacia el vaso.

—Sí, bueno, ehhh... Servite. Lo que pasa es que me enganché con un especial sobre Somalia. Para mí picame de nuevo una chiquita... No, dos chiquitas, por favor.

En un alarde de autocontrol, Inés tardó unos instantes en darse vuelta.

—Lindo buzo.

Alberto no captó la indirecta o quiso pagarle en la misma moneda, porque comenzó a contar la historia de la prenda, que había comprado en una liquidación en Chicago, durante un congreso de antropólogos. Ya de espaldas a su socio, mientras preparaba cuatro líneas —había puesto la caja de *Candyman* sobre el televisor—, Inés distaba de estar pendiente del frío que él había pasado y la necesidad de conseguir algo semejante a una camiseta de interlock en medio de un paseo por una zona cara de la ciudad. Se sentía como si fuese ella la persona semidesnuda, y no oír ningún movimiento que indicase que Alberto se estaba vistiendo la ofendía y excitaba a la vez, la molestaba casi tanto como los reproches e insinuaciones maternas acerca de su amigo.

—Habíamos salido a pasear un rato, ¿viste?, y los únicos de traje éramos Clifford Geertz y yo... Clifford Geertz, imaginate: yo estaba tocando el cielo con las manos... Bueno, la cuestión es que todos los demás estaban bien abrigados... *The Windy City,* que le dicen... Y nosotros no nos íbamos a comprar una campera solamente para acompañarlos…, para eso nos volvíamos al hotel, ¿no?, así que yo le propuse…

Inés aspiró sus dos líneas en sucesión. Cuando se dio vuelta de nuevo, pasándose el cortaplumas por la lengua para no desperdiciar los restos que habían quedado en la hoja, Alberto tuvo que callarse.

—¿Sabés qué? Cuando te escucho hablar de esas boludeces universitarias me parece que nunca cogimos bien porque en el fondo sos igualito a mi exmarido. ¿Qué tienen, miedo de las minas?

Alberto se enderezó súbita y torpemente, parpadeando como si le hubieran cruzado la cara a sopapos. La violencia verbal de su socia lo dejó estupefacto durante varios segundos, pero luego apretó los dientes con gesto decidido. En la medida en que una persona que solo viste medias y un buzo puede lucir segura de sí, Alberto era la imagen misma de la determinación. Pasó los ojos por el cuerpo de Inés, desde la boca y el lápiz de labios ya un poco corrido hasta los borceguíes, deteniéndose en aquellos puntos —los senos, la línea de la falda, las piernas enfundadas en medias de colorinche— de un modo que él supuso seductor y mundano. Al esfuerzo, demasiado consciente y obvio, le faltaba la pizca de premeditado hastío que la literatura y el arte atribuyen a los galanes, pero lo patético de su mueca tuvo un efecto paradójico: Inés, que se hubiera enfurecido de que en realidad la sopesaran como a un trozo de carne, sintió pena por su amigo, una oleada de ternura y remordimiento. Le dolía haberlo lastimado, estar obligándolo a asumir el rol de esos tipos cuyo interés en el sexo opuesto es al mismo tiempo inauténtico y constante, porque solo se hallan a la pesca de anécdotas para revivir en el vestuario de hombres de su club.

—Perdoname de nuevo, no fue... No lo dije de veras. Ya te expliqué que ando un poquito sacada. Muy sacada, bah: más loca que la mierda. Estoy llena de bronca.

Alberto se afirmó en el personaje de Casanova. Para ello movió la cabeza hacia la caja del video y puso voz de quien le ordena algo a un subordinado en falta, como para cambiar de tema y ahorrarle la humillación de seguir pidiendo disculpas. De más está decir que su fracaso fue considerable.

—Pasame.

—Sí, amo.

La respuesta burlona vino acompañada de una reverencia con todas las de la ley, en que Inés cruzó la pierna derecha por delante de la izquierda, se tomó las puntas de un imaginario vestido y flexionó las rodillas. Tras mirarse un rato a los ojos, ambos estallaron en carcajadas sinceras pero indudablemente nerviosas, seguidas de un silencio profundo y más nervioso aún. Ninguno tomó la delantera, sino que se encontraron en el punto intermedio de sus deseos. Cuando Inés sucumbió al impulso de avanzar hacia Alberto, este se estaba incorporando, como tironeado hacia arriba y hacia ella por una erección que la sábana había dejado de esconder segundos antes.

Hicieron el amor dos veces. La primera no fue gran cosa para Inés, ya que prácticamente terminó —pese a que solo había atinado a quitarse la parte inferior de su vestimenta— en cuanto ella se puso sobre Alberto. Unas líneas y unos tragos más tarde, sin embargo, él empezó a besarla abajo, largamente. Su lengua no siempre lograba dar con el sitio preciso, pero eso mismo contribuía a excitarla mucho. Para cuando el pene de Alberto respondió a la urgencia de ella, llenándole la boca, Inés lo forzó a darse vuelta y penetrarla de nuevo. El orgasmo de su amigo ocurrió poco después del suyo, y ambos se quedaron disfrutando de la calma que sucede a la pequeña muerte hasta que la incómoda postura —ella tenía las rodillas sobre el pecho, él los brazos acalambrados y el cuello rígido— los obligó a separarse.

Inés salió del restaurante insegura de si debía ponerse contenta o no por lo que había pasado. Lamentaba que la química de los cuerpos se hubiese producido tan tarde, tanto más tarde que la de las mentes, pero al mismo tiempo se alegraba de poder enfrentar el futuro munida de aquel nuevo y prepotente recuerdo. Por de pronto, cuando Alberto quiso despedirse con el habitual beso en la mejilla, de simple afecto, ella había interpuesto su boca, saboreado olores íntimos en los labios y la lengua de él.

Salvo por unos chicos que jugaban al fútbol en medio de la calle, y por los armazones de hierro que algunos puesteros de la feria del domingo dejaban permanentemente montados —cosa que los dueños de Picante odiaban, ya que les desmerecía la entrada del restaurante—, la peatonal San Lorenzo estaba vacía. Inés aprovechó la relativa ausencia de testigos para meter una mano por debajo de la cintura de su falda y tirar del elástico de la bombacha. A causa de la casi alarmante cantidad de semen de Alberto, había tenido que colocarse un pañuelo entre las piernas. Lejos de mejorar su situación, sin embargo, aquel movimiento brusco y furtivo le desacomodó aún más su improvisada toalla higiénica femenina, e Inés sintió que unas gotas de líquido pringoso le humedecían la cara interna de un muslo. Por el rabillo del ojo, distinguió que un pelotazo perdido venía directo hacia ella; no tuvo tiempo de esquivarlo, de modo que le dio justo en el costado derecho, a la altura del hígado.

El impacto no le produjo ni el dolor ni la instantánea irritación de la piel característicos de esos golpes. De hecho, no hubo tal impacto, porque ni la pelota ni los jugadores pertenecían a la vigilia. Ensimismada en sus pensamientos acerca de Alberto, y en la molestia que le causaba el pañuelo de la entrepierna, Inés no había percibido que el partido de fútbol callejero se llevaba a cabo en medio del más absoluto silencio. Luego de perder la pelota, los cinco chicos que jugaban se habían quedado inmóviles, formando un semicírculo irregular. Parecían estar mirándola fijo, pero evidenciaban aquella ausencia de propósitos que les sobreviene a los visitantes cuando están a punto de desvanecerse. El rostro de uno de ellos se hallaba tapizado por placas o manchas rosáceas, y todos vestían de una manera algo arcaica, que retrotrajo a Inés a su infancia: llevaban pantaloncitos azules o blancos, botines Sacachispas y camisetas de algodón —tres de Boca, una de River, una de San Lorenzo— de trama gruesa y sin publicidad, vale decir el tipo de prendas que usaban para jugar al fútbol los niños de principios de los setenta, antes del gran auge comercial de la ropa deportiva.

En el trayecto hasta su casa Inés no vio —o no detectó— otros visitantes, pero después le tocó compartir el ascensor, además de con la esposa del portero, con un horno a microondas lleno de cangrejos vivos. El sueño del que formaba parte no era del todo verista, ya que los cangrejos parecían gozar de excelente salud pese a que el horno estaba funcionando. Cuando el ascensor se detuvo, a Inés le costó apartar los ojos de la alegre ferocidad que invertían los crustáceos en atacarse entre sí: ese detalle, al menos, era muy convincente, y se correspondía con la desagradable memoria de los cangrejales que había visto en algunas zonas de la provincia de Buenos Aires.

—¿Usted baja acá?

La esposa de Oscar había abierto a medias la puerta corrediza, y su duda sonaba a genuina. Inés se encontró pensando que aquella mujer, si no conocía el piso de «la de la gata rabiosa» —estaba segura de que así la estaban llamando en el edificio—, no era lo suficientemente entrometida para su papel en el mundo y la sociedad. Las esposas de los porteros, se dijo, tendrían que compartir con sus maridos la vocación por el chisme, y no poner en peligro los estereotipos que gobiernan la existencia civilizada de las personas.

—Sí, claro. Gracias.

La mujer tardó unos instantes en abrir por completo la puerta y hacerse a un costado, como si hubiese previsto una respuesta diferente. Aquella demora bastó para que Inés, apurada por usar el bidé y cambiarse de ropa interior, chocase contra ella con bastante fuerza. El intercambio de disculpas fue largo, barroco e hipócrita de parte de la esposa del portero, que temía que a causa del golpe le saliese un chichón encima del ojo izquierdo.

Apenas introdujo su llave en la cerradura, Inés dejó de frotarse la quijada dolorida e inventariar las desventajas de vivir en un edificio grande. Había otra llave del lado de adentro. La ingrata sorpresa de que su madre hubiese vuelto antes de lo anunciado en su nota de la mañana —eran apenas las tres menos cuarto— la hizo prorrumpir en insultos: aunque a Marta no le importasen los estados de ánimo de su hija o el hecho de que abusara de drogas, no se le iban a escapar el aroma del sexo ni el olor del Jim Beam, espléndidos puntos de partida para una de esas charlas que invariablemente prologaba con un «Tenemos que hablar, querida». Inés estuvo a punto de volver a Picante e intentar comunicarse con los otros arcontes desde allí, pero cierto ridículo pudor —el pañuelo en la entrepierna, la necesidad de lavarse en su propia casa— se lo impidió. Comenzó entonces a tocar el timbre como loca, tres, cuatro, seis veces, en un arranque de furia que culminó con una patada digna de allanamiento policial.

La puerta se abrió de par en par, violentamente. En realidad había estado abierta todo el tiempo, y solo le había parecido lo contrario a causa de las llaves en la cerradura. Nadie acudió a recibirla o a quejarse del ruido, e Inés se encontró frente a un departamento que no era el suyo, sino el de Nancy Romero. Se le ocurrió que eso quizá explicase la escena del ascensor —la resistencia de la esposa del encargado a dejarla bajar en un piso que no le correspondía—, pero pronto abandonó aquellas especulaciones porque fue presa de una idea atroz: la de que unas horas antes, en casa de Alberto, ella había podido subir el volumen del televisor sin necesidad de tocar el control remoto. Entró a la casa de su vecina obedeciendo a un impulso, temerosa del fatídico aumento de sus poderes y con la vaga intención de pedir disculpas por los timbrazos y la violencia.

—¿Nancy?

Por unos segundos, después de cerrar la puerta tras de sí con gran suavidad, le pareció percibir el olor del prófugo, pero luego comprendió que se trataba de pañales de bebé. La familia Romero no descollaba por su higiene, y Carmina solía sufrir las consecuencias de la poca predisposición materna hacia el aseo.

—¿Nancy? ¿Andás por ahí? Soy Inés. Ando boleadísima, che, me equivoqué de piso.

Como nadie respondía, Inés avanzó unos pasos. La cocina, de donde brotaba el molesto zumbido de un tubo de neón, estaba desierta. Encontró a la bebé en el living, junto a su cuna volteada. Tenía los pañales sucios, sí, pero también le habían arrancado los párpados y las orejas, presumiblemente con el mismo cortante naranja que le habían hundido hasta la mitad en el centro del pecho. Para meterle en la boca los testículos y el pene de su padre, cuyo cadáver eviscerado estaba en el balcón, habían tenido que abrirle las mejillas y crear una sonrisa que le abarcaba casi todo el rostro. Inés se sorprendió pensando que en realidad no valía la pena torturar a una beba, ya que era como torturar a un animal, que aunque siente el dolor es incapaz de comprender el exquisito y perverso goce que ese dolor produce en quien lo tortura.

A los otros chicos los halló en el cuarto que en su casa servía de escritorio. La única cabeza que pudo reconocer era la que había ido a parar sobre la cama cucheta de arriba, y lo hizo gracias al vendaje en el ojo, que identificaba a Robertito, el lastimado por Azucena. La habitación matrimonial, en cambio, estaba en perfecto orden, pero un reguero de sangre conducía desde ella hacia el baño. Frente a la puerta cerrada —a la segunda puerta aparentemente cerrada— Inés vaciló. No ignoraba que la perfecta frialdad de que se había revestido podía resquebrajarse ante el cuerpo de Nancy. Estaba a punto de tomar la manija cuando la puerta se abrió. El cuchillo y el grito la hirieron casi al mismo tiempo.

—¡Tomá, hija de puta!

—¡Nancy…!

Sus poderes de arconte la traicionaron de nuevo, se le adelantaron. Vio a Nancy, vio que Nancy casi no veía —le habían reventado un ojo y destruido la mitad de la cara—, pero el dolor de su hombro reaccionó como si tuviese vida propia, lanzó a su vecina contra el techo y la estrelló varias veces, hasta quebrarle el cuello y la columna.

Cuando Inés dejó de llorar era de noche. Sobre su cabeza escuchaba los tacos de su madre, que iba y venía, seguramente contenta de poder actuar de mamá preocupada porque su hijita no había retornado al hogar. La imaginó con el inalámbrico al oído, molestando a Alberto y cuanta persona pudiese infligirle su avidez de protagonismo. El cuerpo de Nancy, que no había dejado de abrazar, estaba frío y húmedo, y como se iba poniendo rígido le costó hacerlo a un lado para incorporarse. En la casa solo había licor de mandarina, pero bebió dos vasos grandes, que disfrutó mucho, antes de salir al balcón. Para saltar, como los Romero habían puesto —por las criaturas— protecciones que llegaban hasta la mitad de la pared, aprovechó el apoyo que le brindaba el cadáver de Romero padre. En el río, aparentemente muy cerca de la costa, la Facultad de Ingeniería y el edificio de la CGT, se divisaba uno de esos buques de pasajeros de gran porte, que dan la vuelta al mundo para visitar sitios tan exóticos como Buenos Aires.

Viena, Bhubaneswar y Port-au-Prince aún resisten. Para ser solo tres arcontes —y nunca antes, nunca en la historia hubo tan pocos—, están preservando El Cerco admirablemente. De hecho, tras la muerte de Inés y el de Siria, se ha vuelto muy riesgoso acercarse a Austria o Haití, y he debido concentrarme en el arconte de la India. Creo que subestimé hasta qué punto, a medida que disminuye el número total de los guardianes del sueño, aumenta el poder de los que siguen vivos. Es todo cuestión de tiempo, sin embargo, porque aunque soy el primero de mi raza en conseguir este triunfo, también soy apenas el menor de los muchos males —de sus propios males— que han de llover sobre los soñadores, y ni el más poderoso arconte comenzó siendo otra cosa que un soñador.

Aparte de este disquete, que era conveniente sustraer a las miradas indiscretas, de Inés he conservado un broche redondo de lata que dice «THE COLD WAR IS OVER» —lo debe haber comprado en Estados Unidos para la época de la caída del Muro, poco antes de engendrarme— y sus dos cortaplumas, el del ejército suizo y el que yo le regalé. Sospecho que estos objetos inútiles son lo que se llama «recuerdos», y me pregunto si ahora que puedo imitar perfectamente a los soñadores, que sangro, tengo frío, y hasta mantuve relaciones sexuales, no estaré pareciéndome un poco a ellos. Dado mi vínculo con Inés, conozco hasta el último detalle de lo que ella fue sintiendo y pensando desde el momento en que abrí la brecha, y sin embargo quise aprovechar su relato. Por supuesto que no solo le corregí el estilo e introduje diálogos, sino que también intercalé las partes referidas a hechos que no presenció, y en algunos casos hasta reemplacé su versión de los hechos por la mía. Puedo argumentar que me he tomado este trabajo estúpido para que quedase un registro fehaciente de cómo nació nuestro mundo, pero en realidad desconozco si va a haber tal cosa. (La palabra «nuestro», por ejemplo, tan común en boca de los soñadores, suena extrañamente inapropiada para referirse a un plural de seres como yo, tan inapropiada como la idea de que «nuestras» semejanzas lograrán superar a «nuestras» diferencias).

No me quejo, los he engañado a todos y estoy vivo, realmente vivo. Pronto tendré compañía, y el reino de los soñadores habrá llegado a su fin. El momento más peligroso fue el más banal, cuando Inés le preguntó a Marta si no recordaba que mis padres habían muerto. Marta no podía recordar tal cosa, desde luego, pero hubiera podido señalarle a su hija que nos habíamos hecho amigos cuando regresó de Norteamérica, en 1990, y que ningún Alberto Leboud había estudiado con ella en el Nacional Buenos Aires. Si Marta hubiese dicho algo entonces, si Inés hubiese sospechado algo a pesar de la larga y elaborada mitología personal con que me fue construyendo, Nelson Floreal y su discípula me habrían vencido fácilmente.

Lo que no pude anticipar, y hasta cierto punto no deja de asombrarme pese a que me ahorró trabajo, fue la repentina locura de Inés, el hecho de que haya matado a todas esas personas, venido al restaurante a hacerme el amor —manchada de la sangre que tanto preocupó a la esposa de Armendáriz—, y luego vuelto a casa de Nancy para suicidarse. Soy el que soy, supongo, gracias a la violencia con que ella abandonó la vida, y de hecho me reconozco —reconocí mi voz— en sus reflexiones acerca del escaso placer que produce torturar a un bebé, pero estaba seguro de que la crisis no iba a producirse, o por lo menos solo iba a producirse después de que yo me encargara de todos los demás arcontes. Pobrecita Inés, no soportó encontrarse con el hombre de sus sueños.

Índice

Prólogo, *por Mariana Enriquez* 5

El mal menor 13

Un prófugo 19
I 21
II 33
III 45
IV 57

Crece la brecha 71
I 73
II 89
III 107
IV 125

Cosas peores 141
I 143
II 161
III 179
IV 193

Fin 211

«E il naufragar m’è dolce in questo mare»